어쩌다

독서 모임의 후기는

차례

추천사   6

프롤로그   8

1장 나를 한 뼘 키우는 독서 모임

사람들이 독서 모임에서 얻어가는 것   15

독서 모임장으로 살아가는 이유   18

수익을 내기 위한 유료 독서 모임   22

속 깊은 이야기를 머쓱하지 않게 하는 방법   25

좋은 감정은 나눌수록 배가된다   27

색다른 시각이 던져 주는 사색 거리   29

타인의 생각을 빌려 쓰는 기술   32

정답은 아니더라도 방향은 얻어갈 수 있다   34

2장 독서 모임을 시작하기 전에

독서 모임 콘셉트 잡기   39

나만의 콘텐츠: 메인 콘텐츠를 향해 가는 시행착오   43

메인 콘텐츠: 참여하고 싶은 모임은 무엇이 다른가   47

나만의 정체성, 가치 문장 만들기   50

핫플로 갈 것인가, 틈새를 노릴 것인가   53

'그래서 몇 명 오시는데요?'   56

저도 편독은 끊어보려고 했어요   61

시간 조절을 위한 타임 테이블   65

빌런을 대하는 방법   69

3장 독서 모임을 지속하기 위해

마인드맵으로 독서 모임 스케치　　　　　　77

호스트의 고민은 모임의 깊이가 된다　　　80

실패하는 경험을 선사합니다　　　　　　　83

자신이 누구인지 알고 싶은 사람들　　　　89

대규모 독서 모임을 위한 준비 과정　　　　93

규모가 커질수록 디테일이 필요합니다　　99

행사를 위한 실제 도서 협찬 방법　　　　104

정성을 들인 모임은 특별해질 수밖에　　109

4장 독서 모임 호스트도 연습이 필요하다

우리는 틀린 게 아니라 다른 거예요   117

어서 오세요, 기다렸습니다   121

저마다 결이 맞는 독서 모임장을 만날 수 있도록   124

배우기 위해 떠나는 탐방   126

홍보는 게스트를 끌어당겨야 한다   129

부드럽고 섬세한 물음표 살인마   135

성공하기 위해 무뎌질 때까지 실패하기   138

에필로그   142

부록   144

추천사

저자와 같은 호스트로 활동하면서 대단한 동료라고 느꼈습니다. 그는 '독서 모임의 콘텐츠에는 한계가 있다'라는 편견을 깨는 사람입니다. 이 책에는 동네언니가 밑바닥에서부터 유명한 독서 모임장이 되기까지 축적해 온 인사이트가 모두 녹아있습니다. 독서 모임에 필요한 마음가짐과 실제 운영 노하우가 곳곳에 잘 배어 있습니다.

이 책의 내용은 단순히 독서 모임 콘텐츠에 국한되지 않는다고 생각합니다. 나만의 콘텐츠를 만들고 싶은 분이라면 이 책을 통해 콘텐츠 제작자로서 한 걸음을 내딛는 기회가 되기를 바랍니다.

《문토 셀렉티드 호스트 '온이', 모비데이즈 퍼포먼스 마케터 박경빈》

저자를 1년 동안 지켜본 사람으로서 이분은 독서 모임에 진심입니다. 이 책은 독서 모임을 운영하는 방법만을 전하지 않습니다. 모임을 통해 얻을 수 있는 연결의 가치를 강조하죠. 독서 모임을 운영하며 쌓아온 저자의 통찰력과 경험을 바탕으로 책을 사랑하는, 나아가 지식을 나누고 싶은 분들께 추천합니다.

《문토 셀렉티드 호스트 '썸즈', 더뉴그레이 CMO 김태균》

동네언니를 남양주 독서 모임에서 처음 만났습니다. 저는 평소 제 감정을 드러내기 두려워하고 회피했습니다. 작가님은 사람을 꿰뚫어 보는 통찰력과 배려심, 편안한 진행 능력으로 꽁꽁 싸맨 감정을 드러내게 하셨죠. 부끄럽기도 했지만 오히려 홀가분했습니다. 나를 찾은 기분이었고, 나로 살아갈 때 가장 당당하고 멋있다는 소중한 관점을 얻었습니다. 독서와 공부의 목적은 나를 아는 것이라고 생각합니다. 자신을 알아갈 때 비로소 세상이 다른 빛으로 칠해지는 듯합니다. 이 책으로 여러분의 세상도 자기만의 색으로 칠해지리라 장담합니다.

《빠르게 실패하는 모임 참여자 '이민형'》

평범한 내가 5개월 만에 대규모 독서 모임 리더가 되기까지

"우리 다 권고사직 당할 거라는데?"

정권이 바뀌면서 사업 규모가 대폭 줄었다. 사무실 분위기가 심상치 않았다. 함께 일하던 직원들이 구직 사이트를 보는 횟수가 급격히 늘었다. 결국 팀은 뿔뿔이 해체되고 말았다.

첫 직장을 일반 사무직으로 취업해 청년 내일 채움 공제 사업 대상자가 되어 목돈을 마련할 수 있게 됐다. 업무량은 많았지만 목돈을 마련할 수 있다는 기대감 하나로 묵묵히 버텨왔다.

그나마 다행인 건 목돈 만기일이 3개월 남아, 권고사직으로부터 구사일생으로 살아남았다는 것이다. 그렇게 퇴사 일자를 받아 놓고 근무했다. 시한부 회사원인 셈이다. 모두가 내게 이직을 준비하라고 했다. 앞날에 대한 방향도, 꿈도 잡지 못한 채 예정된 퇴사를 준비했다.

고된 업무량에 시달리는 사무직. 열정을 불태워도 급여

인상은커녕 일감만 늘어나는 현실. 두 문장으로 2년 2개월의 직장 생활을 정리할 수 있었다. 퇴사를 앞두고 미래를 그리던 중 문득 하고 싶은 일이 생겼다.

"도서관이 열리는 시간부터 끝나는 시간까지 책만 읽어 볼까?"

평소 독서를 좋아했지만, 종일 책을 읽어본 적은 없었다. 혹시나 책에서 인생의 해답을 찾을 수 있을지도 모른다는 기대감에 부풀었다. 그리고 그 기대는 현실이 되었다. 1년 전부터 SNS에 꾸준히 올렸던 글을 보고 한 소셜링 플랫폼, '문토'에서 '셀렉티드 호스트' 제안이 온 것이다. 퇴사하고 얼마지나지 않은 때였다.

평소 독서와 글쓰기를 좋아하는데 취미로 돈을 벌 수 있다니 좋은 제안에 망설일 이유가 없었다. 그때부터 나만의 독서 모임을 연구했다. 특별한 독서 모임이 많이 진행되고 있었다. 고민 끝에 아이디어를 제공한 지인과 함께 첫 독서 모임을 시작했다.

"3개월만 꾸준히 하다 보면 콘텐츠가 된다."

언제나 그 말을 믿었다. 때로는 모객이 안 되고 줄줄이 폐강의 쓴맛을 볼 때도 있었지만 상관없었다. 그저 묵묵히 걸었다. 서울에서 모임을 하면서 다른 호스트들을 알게 되었고, 나와 결이 맞는 동료까지 만났다. 서로의 콘텐츠와 플랫폼, 나아가 삶에 대해 많은 이야기를 나눴다. 동료를 통해 알게 된 사실은 내가 호스트의 색이 강하다면 그는 모임을 대중화하는 실력이 좋다는 것이다. 두 장점을 합치면 더 좋은 모임을 만들 수 있을 거라는 확신이 들었다. 그래서 콜라보를 제안했다. 우리의 장점을 섞으면 어떤 시너지가 날지 모른다는 근거를 가지고.

전화 한 통으로 만들어진 대규모 독서 모임, '독서 파인 다이닝' 1회 차에는 다섯 명의 호스트와 두 명의 스태프가 함께했다. 독서 파인 다이닝은 다양한 책으로 원하는 프로그램을 즐길 수 있는 대규모 독서 모임이다. 7일 만에 42명으로 만석, 10명의 대기자까지 받았다. 이후 10명이 앵콜을 요청했고, 풍성한 후기는 물론 문토에서 '이달의 소셜링'으로 선정되기까지 했다. 2023년 5월, 독서 모임을 시작하고 5개월 만에 이룬 성과다.

이 책을 쓰는 순간에도 '독서 파인 다이닝' 2회 차를 준비하고 있다. 협찬 요청 하루 만에 유명 작가와 인플루언서의 친필 사인 도서 13권을 받았다. 유명 인사의 북토크도 진행할 예정이다.

2023년 3월, 회사로부터 권고사직을 당했다. 독서 모임의 시작은 같은 해 5월, '독서 파인 다이닝'은 10월이다. 매일 골무를 끼고 블루라이트 안경을 쓴 채로 모니터만 보던 내가, 퇴사한 지 7개월 만에 전혀 다른 방향의 길에 서 있었다.

이 책을 통해 대규모 독서 모임 리더로 성장하기까지 통과해 온 모든 과정과 경험을 공유하려 한다. 독서 모임을 운영하고 싶은 독자라면 동기 부여는 물론이고 실질적인 도움을 얻으리라 확신한다. 이 책을 쓰도록 도와준 모든 분들께 감사를 전한다.

1장

음악 세상을 키우는 독서 한 줄

사람들이 독서 모임에서
얻어가는 것

    모임에 처음 참여한 사람이 유난히 많은 날이었다. 어색할 만한 상황인데도 조용한 음악이 나오는 카페에 옹기종기 앉아 독서에 빠져들었다. 홀짝이며 먹는 음료, 종이 넘어가는 소리, 기억에 남는 문장을 적는 소리. 원하는 책을 가지고 와서 읽는 자유 독서 모임에서 익숙한 풍경이다.

    모임의 이름은 [book note, 읽고 기록하는 모임]이다. 《나를 더 사랑하게 하는 퍼스널 브랜딩 상담》, 《인간관계론》, 《돈의 속성》, 《책은 도끼다》, 《언젠가 잘리고 회사는 망하고 우리는 죽는다》를 읽었다. 모임에서는 이런 질문을 했다.

    1. 책 소개 및 선정 이유
    2. 이 책은 어떤 사람에게 추천하고 싶나요?
    3. 가장 기억에 남는 문구와 그 이유

4. 책과 관련해 이야기하고 싶은 주제

　나는 사람들이 독서 모임에 나오는 이유를 묻고 싶어서 내 책의 원고를 가지고 갔다. 혼자 책을 읽는 사람은 많다. 그런데 왜 '독서 모임'까지 나와서 책을 읽는 걸까?

　첫 번째, 깊이 있는 대화가 가능하기 때문이다.
　요즘 같은 시대에 모여서 대화할 기회를 얻기는 쉽지 않다. 게스트들은 지인들과 모이면 주식, 코인 이야기만 한다며 지루한 기색을 비쳤다. 이후 《돈의 속성》을 이야기하며 부를 담을 수 있는 마음 그릇에 대해 나눴다. 한 게스트는 '부를 담을 수 있는 마음 그릇은 회사가 주는 월급이 아니라 자신의 노력으로 얻은 소액의 수익도 가치 있다고 느낄 줄 아는 사람'이라고 했다. 이처럼 책으로 여러 의견을 나눌 수 있고, 그런 기회를 소중히 여기는 사람들이 모여 감정이나 생각을 터놓고 이야기할 수 있다는 장점이 있다.

　두 번째, 책을 싫어하기 때문이다.
　독서가 중에는 책을 좋아하는 사람도 많지만, 책을 싫어하는 사람도 많다. 재미보다는 지성을 위해 책을 읽기도 한다. 싫어하는 마음을 이겨내고 노력하는 모습을 배운다. 언어 구사력이 부족해져 독서 모임에 나오는 사람도 있다. 말보다 텍스트가 더 편한 시대를 살고 있다 보니 자기 생각을 말로 표현하는 데 어려움을 느낀다. 많은 사람이 표현의 심각성을 느끼고 말하는 연습을 하기 위해 독서 모임에 온다.

세 번째, 삶에 변화를 주기 위해서다.

회사에 다니다 보면 만나는 사람이 한정적이다. 가는 지역도 마찬가지다. 나도 직장 생활을 할 때는 회사, 집, 헬스장이 평일 루틴이었다. 워낙 시골에 살다 보니 저녁 9시만 되면 시내가 깜깜하고 돌아다니는 사람도 없었다. 이런 상황에서 벗어나기 위해 색다른 환경을 찾게 된다.

사라져가는 독자들을 만나고 싶으면 커뮤니티를 찾아가면 된다. 책을 읽는 사람보다 쓰는 사람이 더 많은 시대라고 하지만 아직도 책은 어떤 사람의 취미이자 전부이기도 하다. 여전히 책을 사랑하는 사람이 존재하는 한 독서 모임도 계속된다.

독서 모임장으로
살아가는 이유

내가 속한 플랫폼인 '문토'는 처음부터 콘텐츠를 만들어 놓고 운영한다. 읽는 것을 좋아하지만 독서 모임에 대한 경험이 부족해서 겁이 났다. 과연 내가 운영하려는 모임에 사람들이 올까? 망망대해 같은 이 플랫폼에서 내가 빛나는 때가 올까? 나보다 책을 더 좋아하는 사람도 많고, 똑똑한 사람들도 많을 것 같아 걱정이 앞섰다. 깊은 지식과 넓은 아량을 가진 모임원이 온다면 그들을 받아낼 그릇이 될지 모르겠다고 생각했다. 혼자 하는 독서를 선호하다 보니 게스트의 스타일에 맞게 잘할 수 있을지도 고민이었다.

한참 고민하다가 친한 지인들에게 연락했다. 독서 모임을 연다면 어떤 모임이 좋을지 물었다. 한 명은 간간이 책을 읽는 친구였고, 한 명은 어디서부터 어떻게 읽어야 할지 몰라서 도전하지 못하는 친구였다. 두 사람 모두 초보자가 참여할 수 있는 모임을 만들어달라고 했다. 처음에는 감이 잡히지 않아 그 제안을 거절했다. 그러나 쉬운 책을 가지고 재미있게 모임을 한다면 서로에게 도움이 될 거라는 확신이 생겼다. 그 확신 하나로 대책 없이 모임을 시작했다. 초보자들을 위한 독서 모임이라는 방향을 잡게 된 배경이다.

모임이 자리 잡기까지 함께한 동생이 있다. 몇 개월이 지난 지금도 일주일에 한 번, 2주에 한 번은 꼭 모임에 나오기 때문에 나눠 준 유인물을 많이 가지고 있다. 처음에는 그림만 있는 짧은 글을 읽고 싶었는데 이렇게 많은 글을 읽고 생각을 나눌 수 있다는 게 뿌듯하다고 했다.

과연 독서 모임은 게스트에게만 도움이 될까? 그렇지 않다. 호스트에게도 엄청난 성장이 있다. 독서 모임은 게스트가 깊은 사유를 할 수 있도록 돕지만, 호스트에게는 시야를 넓히는 기회가 된다. 진행하고 있는 모임에 근거해 구체적으로 어떤 점이 좋았는지 정리했다.

첫 번째, 발제에 대한 답을 미리 작성하며 생각을 정리할 수 있다.

모임 전 발제문에 따라 만든 질문을 미리 고민하고 작성해 본 뒤 모임을 진행한다. 질문을 포함하는 모임이라면 모임장이 먼저 작성해 보는 게 좋다. 답을 직접 작성해 볼 때 새로운 나의 모습을 발견할 수 있다. 처음 모임을 운영할 때는 에세이를 쓰고 있었기 때문에 발제 질문이 좋은 소재였다.

모임을 하다 보면 참신한 발상이 나올 때가 많다. 이재형 작가의 《오늘도 출근하는 김 순경에게》로 습관에 관한 이야기를 나눈 적이 있다. 대부분의 의견은 습관이 의식에서 나오고, 버릇은 무의식에서 나오기 쉽다는 것이었다. 한 게스트는 손톱을 뜯거나 땀이 나는 등 무의식적인 행동이 오히려 위험 신호 같다고 말했다. 무의식중에 보이는 행동이 있을 땐 자신을 좀 더 들여다본다는 이야기가 참신하게 다가왔다. 양해를 구한 뒤 해당 내용으로 짧은 에세이를 썼다. 당시 모임원들도 새로운 관점을 얻어서 좋았다는 댓글을 남겼다.

두 번째, 자기 계발이 가능하다.

성인이 되어서 모임을 기획하고 고민할 수 있는 일이 얼마나 있을까? 일반 직장인이라면 그럴 기회는 더더욱 없다고 생각한다. 이럴 때 나만의 모임을 기획하고 운영해 보면 독서 모임장의 또 다른 매력을 느낄 수 있다. 모임 기획력이 좋아질 수도 있고, 조리 있게 읽고 말하는 연습도 된다. 운영진을 관리하는 법, 발제문을 뽑는 법, 사람을 대하는 방법 등 독서 모임장이라는 이름으로 노력할 수밖에 없다.

나는 독창적인 콘텐츠로 모임을 만드는 편이다. 장점은 무에서 유를 창조하는 연습이 가능하다는 것이다. 책을 가지고 할 수 있는 콘텐츠가 무궁무진하기 때문에 원하는 대로 방향을 잡아갈 수 있다. 이처럼 호스트로 독서 모임을 운영하다 보면 여러 방면에서 성장한다.

세 번째, 건강한 커뮤니티를 얻어간다.

요즘 2030 세대는 잘 놀고, 잘 먹고, 잘 생각한다. '청년들의 문해력이 낮다거나 생각이 없다는 말이 종종 들리지만 영민하고 치열하게 살아가는 사람이 많다. 이런 시대에 독서 모임을 하면 운영하는 모임 스타일에 따라 결이 맞는 사람들이 모이게 된다. 직장과 가족, 친구들과는 별개로 새로운 커뮤니티가 생긴다. 책이라는 공통 관심사를 가지고 모였으니 결이 더 잘 맞기도 한다.

네 번째, 독서 취향을 정확하게 알 수 있다.

독서 모임을 하려면 책을 선정해야 한다. 다양한 장르의 책을 선호하는 사람이 있고, 그렇지 않은 사람이 있다. 지정 독서를 좋아하는 사람이 있고, 자유 독서를 좋아하는 사람이 있다. 게스트는 원하는 모임을 골라가며 좋은 책과 호스트를 만날 수 있고, 호스트는 모임을 운영하면서 어떤 책이 자신에게 더 맞는지 찾을 수 있다. 개인적으로는 철학적인 접근을 선호해서 그에 맞는 모임을 운영한다.

수익을 내기 위한
유료 독서 모임

지금은 일을 하고 있지만 호스트를 시작하고 1년이 되기까지 독서 모임 호스트를 본업으로 삼았다. 동료 중 유일하게 본업 호스트라 대단하다는 얘기를 들었다. 퇴사하고 1년간 어떻게 생계를 유지하며 살 수 있었을까.

처음 플랫폼을 통해 5명이 모였고, 첫 일급은 2만 4천 원이었다. 근처에서 볼일이 있었기 때문에 2시간 정도 독서 모임을 하면 좋겠다고 생각했다. 한 시간에 만 2천 원을 벌었다. 일주일에 많으면 3~4번을 열었고 모임원은 3명에서 8명까지 왔다.

이후 서울에서도 모임을 시작했는데, 오가는 시간이 있다 보니 하루 2개의 소셜링을 열었다. 대관비가 따로 들지 않는 곳에서 모였기 때문에 가성비 좋게 수익을 낼 수 있었다. 2시간씩 2회 차를 진행하고 순수익으로 35만 원 정도를 벌었다.

동시에 온라인 모임인 '빠르게 실패하는 모임'도 오픈했다. 매일 아침저녁으로 목표와 결과를 올리고, 3주 챌린지로 총 3번의 모임을 진행한다. 이미 몸에 밴 습관이라서 결과를 공유하는 게 어렵지 않았다. 참가비는 지금까지도 5만 원을 고수하고 있는데 문토에서 이 가격으로 운영하는 챌린지는 이것뿐이다. 5만 원에서 플랫폼 수수료 20%를 제외하면 4만 원, 인수 제한이 없으니 인원이 많으면 많을수록 수익도 올라간다. 소수 정예를 노리고 최대 10명까지 모아 봤다. 오프라인 모임까지 합하면 월에 기본 50만 원 이상은 받아 갈 수 있었다.

만약 남양주가 아닌 서울에서 주로 활동한다면 수입은 올라간다. 인구가 많아 수요도 많기 때문이다. 만약 더 큰 수입을 얻고 싶다면 호스트가 들어가지 않아도 모임이 진행될 수 있도록 시스템화하는 방법도 있다. 예를 들어 지정 독서 모임에서 발제문을 준비해 주고 테이블을 나누는 것이다. 30명 정도가 모인다면 총 6개로 나누고 한 명씩 이야기할 수 있도록 규칙을 세운다. 전체적인 분위기를 조율하고 교류가 활발하지 않은 모임에 들어가 대화를 이끄는 정도만 하면 된다.

금액을 18,000원으로 하더라도 30명이 온다면? 플랫폼 수수료를 제외하고 45만 원 정도를 얻어갈 수 있다. 대관비

10만 원을 뺀다면 35만 원을 가져간다. 만약 경제나 실용서 위주로 모인다면 금액을 올릴 수도 있다.

또 다른 방법은 책에 색다른 모임을 섞는 것이다. 책과 드라이브를 합친다면 오가며 준비하는 시간이 있기 때문에 3만 5천 원 정도로 금액을 잡을 수 있다. 실제로 함께한 운전자에게 수고비를 주면 순수익 20만 원을 가져간다고 한다. 플랫폼에서는 경쟁력을 위해 단가를 낮추지만, 플랫폼을 벗어난다면 금액을 자유롭게 조정할 수 있다. 문토에서는 모임으로 월 50만 원에서 100만 원 정도 가져가기 좋다.

부모님과 함께 살고 물욕도 없다 보니 돈이 나갈 일이 많아 큰 무리 없이 지낼 수 있었다. 모임의 단가를 두고도 의견이 분분하다. 물론 나는 다시 시작한다고 해도 유료로 운영할 것이다. 충분한 노력과 노동의 보상은 반드시 필요하기 때문이다. 하고 싶은 일을 지속하기 위해서는 수익화를 해야 하고, 그게 원동력이 될 때가 있다. 꾸준히 모이고 노력했던 게 책으로 나와 또 다른 수익을 불러오기도 한다.

속 깊은 이야기를
머쓱하지 않게 하는 방법

[우리들의 북램핑]이라는 특색 있는 독서 모임을 콜라보로 진행하게 됐다. 예약하기 힘들다는 서울 근교 글램핑장을 잡았고, 자유 독서 모임을 끝낸 후 상봉으로 향했다. 총 8명으로 움직였다. 여자 3명과 남자 5명, 그중 호스트가 3명이니 낯선 남녀 5명이 모였다. 고기를 먹으면서 '보이는 라디오'처럼 익명의 사연을 이야기하는 프로그램을 준비했다.

나는 이번에 책을 출간하게 됐고, 앞으로도 책을 내고 싶다고 했다. 출간을 앞두고 목돈을 어떻게 마련하면 좋을지, 내 작품을 바라보는 시선도 나눴다. 이미 출간한다는 말을 너무 많이 해서 사연의 주인공이 나인 걸 모두 알고 있었다. 머쓱하게 발표했지만 꽃길이 깔릴 미래를 위한 신청곡도 보냈다. 모임을 끝내고 돌아가는 길에 한 게스트가 말했다.

"술을 먹지 않고 이렇게 깊은 이야기를 하는 건 오랜만인 것 같네요."

　지인들과 속 깊은 이야기를 하려고 하면 술을 먹자고 하는 경우가 많다. 그만큼 낯간지러운 일이라서 그렇다. 그럴 때 독서 모임만큼 신중하고 적절한 기회가 없다. 머쓱하지 않게 깊은 대화를 끌어내는 도구이기 때문이다. 독서 모임에서는 다양한 사람과 주제가 어우러진다. 서로 다른 배경과 관점을 가진 사람들이 모여 책을 읽고 토론하면서 마음의 폭이 넓어진다. 게다가 독서 모임은 편안한 환경을 제공한다. 대부분 10명 내외 인원으로 진행하다 보니 참여자들은 서로를 더 잘 알게 된다. 이런 환경 덕분에 속 깊은 이야기를 자유롭게 나눌 수 있다.

　누군가 나에게 좋은 인연을 만들고 싶다면 독서 모임에 가라고 말했다. 독서 모임에서는 심도 있는 대화를 나누며 상대의 가치관을 자연스럽게 알 수 있다. 처음에는 이 말을 대수롭지 않게 생각했지만 일리가 있다. 내 주변에도 생각이 예쁘고 잘생긴 사람이 얼마나 많은지 모른다. 좋은 독서 모임은 서로를 응원하고 지지하는 분위기를 통해 마음을 터놓는 기회를 제공한다.

　평소에 생각이 많은 편이라면, 독서 모임으로 자연스럽게 이야기를 시작해 보면 어떨까?

좋은 감정은
나눌수록 배가된다

빠르게 실패하는 모임(빠실모)은 일주일에 한 번 온라인 모임을 한다. 한 주간 겪은 실패와 성공을 나누고, 좋은 소식이 있다면 박수를 치며 진심으로 축하한다. 문토에는 '셀렉티드 호스트'라는 제도가 있다. 플랫폼에서 인정하는 공식 호스트라는 뜻이다. 모임 콘셉트가 확실하고 꾸준하며, 선한 영향력을 갖고 있다면 일반 호스트로 시작해도 금세 셀렉티드 호스트가 될 수 있다. 우리 모임에서도 셀렉티드 호스트가 2명이나 나왔다. 소식을 듣자마자 빠실모에 소식을 알렸다. 좋은 소식이 있을 때마다 자기 일처럼 기뻐하는 팀원들을 보면 좋은 감정은 다다익선이라는 말이 낯설지 않다.

지금도 세 명의 호스트와 자기 계발 클럽을 운영하고 있다. 얼마 전, 모임을 준비하다 '뒤풀이'에 대한 이야기가 나왔다. 문토는 모임 후기를 작성할 수 있게 되어 있다. 확실히 식사 이후에 후기가 많아진다는 사실을 알게 되어, 모임 후 식사 시간을 추가했다. 그 결과, 실제로도 모임 후기가 더 많이 올라오고 참여자들의 만족도가 상승했다. 모임을 마치고 집에 돌아갈 때, '집 가서 뭐 먹지, 피곤하고 배고프다.'라는 마음이 들지 않게 했다. 생산적인 모임 후에 포만감까지 얻어 돌아가니 몸과 마음이 모두 채워지는 느낌이 든다.

또 다른 방법은 게스트를 '칭찬 감옥에 가두기'다. 사회에서는 칭찬을 들을 일이 많지 않다. 칭찬보다는 비난하고 판단하는 데 더 많은 시간을 할애한다. 독서 모임을 운영하면서 칭찬의 중요성을 깨닫게 되었다. 발제를 준비하면서도 서로를 칭찬하기 위한 질문을 넣는 편이다. 칭찬하는 분위기는 참여자들의 자존감을 높이고, 모임을 친밀하게 만들어 웃음이 끊이질 않는다. 누구보다 내가 가장 많이 웃는 편인데 먼저 웃음을 선사하고 참여자들을 웃게 하면, 모임 분위기가 더욱 활기차진다.

결론적으로, 좋은 감정은 나눌수록 배가된다. 모임을 운영하면서 이를 체감한다. 모임이 끝난 뒤에 밥을 먹거나, 마음의 포만감을 느끼게 하는 칭찬이 참여자에게 긍정적인 경험을 주기 때문이다. 호스트마다 다르겠지만 나는 즐거운 독서 모임을 선호하는 편이다. 명랑해지고 싶을 때 언제든 동네언니를 찾아주시길!

색다른 시각이 던져 주는
사색 거리

4명이 '방황'을 주제로 한자리에 모였다. 오늘의 책은 박지현 작가의 《참 괜찮은 태도》. 서로가 방황에 관해 어떤 이미지를 가지고 있는지부터 나누기로 했다. 나에게 방황은 앞이 보이지 않아 어디로 가야 할지 알 수 없는 상황이다. 한 게스트의 말이 기억에 남는다. 방황한다는 건 다양한 상황에 쓰이지만 '나를 찾기 위한'이라는 단어가 붙으면 긍정의 의미로 해석할 수 있다는 말이었다. 시간에 노력을 녹이면 무조건 된다고도 덧붙였다. 시간에 노력을 녹인다는 말로 지금 하고 있는 일들을 돌아볼 수 있었다. 찰나의 위로였고 긴 시간 동안 마음에 남는 사색이었다.

어느 날에는 전대진 작가의 《반드시 해낼 거라는 믿음》으로 모여 '거절'에 관해 나눴다. 그중에서도 '이기적'이라는 단어를 언급했던 내용을 기억한다. 한 게스트가 이기적이라는 말은 자신의 이익만을 꾀하는 것인데, 이 단어에 대한 인식이 바뀌어야 한다고 했다. 자신을 먼저 챙기는 건 자연스럽고 좋은 일인데 부정적으로 바라보는 게 아쉽다고 했다. 익숙한 단어에 대한 새로운 관점을 얻을 수 있었다.

에세이를 쓰던 때는 매일 독서 모임을 하고 싶을 정도로 좋은 사색 거리가 많았다. 한 번은 박웅현 작가의 《책은 도끼다》를 가지고 독서 모임을 했는데, 본문 내용을 요약하면 이렇다.

작가는 '잡초'를 뽑는 행위를 언급하며 '잡'이라고 불러서 미안하다고 말한다. 사람의 기준으로 작아 보이는 것에 대한 사과와 존중의 표현이다. 머루 송이의 이야기를 통해 주어진 결과에 감사하는 마음의 중요성도 이야기한다. 머루 송이는 최선을 다해 열매를 맺지만 사람들은 열매가 작다고 비난한다. 그럼에도 머루 송이는 최선을 다했다고 말한다.

나에게 잡초는 고향이다. 독서 모임 운영자로서 서울을 오가는 게 쉬운 일이 아니기 때문이다. 나보다 멀리서 온 사람을 본 적이 없다. 돌아보니 내가 사는 지역은 사계절이 예쁜 동네다. 지금까지 내가 사는 곳보다 예쁜 지역을 보지 못했다. 비슷한 이유로 잡초를 집으로 두는 분이 있었다. 다양한 독서 모임을 하고 싶은데 서울에 모임이 많다 보니 사는 곳이 별로라고 생각했단다. 그런데 머루 송이의 이야기를 듣고 보니 미안하다며 집에 사과하는 게 아닌가. 나도 그 모습을 보며 고향에 사과했다. 깨끗한 공기와 풍경을 사랑해서 계속 살면서도 불편하다고 잡초라고 생각한 게 미안했다.

각자의 시선을 존중하고 이해할수록 생각과 마음의 품이 넓어진다. 새로운 시각과 관점을 수용하며, 생각할 거리를 풍성하게 만들어주는 게 독서 모임이다.

타인의 생각을
빌려 쓰는 기술

    독서 모임을 생각하면 꼭 떠오르는 친구는 S이다. 그는 독서를 좋아하지 않지만 생각을 키우고 싶어하는 케이스다. 독서 모임을 시작할 때 자문한 사람이기도 하다. 앞으로도 많이 나올 테니 기억해 두는 게 좋다.

    내 콘텐츠는 [초보자들도 읽고 싶은 모임]으로 독서 경험이 적은 사람을 타겟으로 한다. 처음 독서 모임을 시작할 때만 해도 극강의 초보자였던 S의 유인물은 자주 비어 있었다. 어떻게 써야 할지 감을 잡지 못했기 때문이다. 독서도 모임도 처음이니 그럴 만도 했다.

    후일담을 들어보면 생각을 깊이 하는 것도 어렵지만 너무 많은 생각이 머릿속을 혼란스럽게 만드는 게 문제라고 했다. 그러나 모임을 마무리할 때쯤 상황이 달라졌다. 다른 사람의 발표에서 유익한 내용을 적어 가면서 유인물을 채우기로 한 것이다. 그런 S가 걱정이 됐다. 독서 모임을 하러 와서 다른 사람의 이야기만 적어 가니 무의미하지 않나, 하는 의문이 들었기 때문이다. 다행히 S의 생각은 달랐다. 오히려 생각이 정리되고, 인사이트를 얻어 가니 값지다고 했다.

그 후로 독서 모임을 할 때 '타인의 생각을 주워가야 한다'라고 강조한다. 사람마다 배경이 다르고 사용하는 언어가 다르기 때문이다. 예를 들어 내 MBTI가 T인데 유달리 F인 사람들이 많은 모임이라면 감성적인 글을 쓸 때 인사이트가 된다. 자연스럽게 쓰는 감성적인 언어가 내게는 없기 때문이다. 그 단어들을 차곡차곡 모아 에세이를 쓰기로 결심한다.

글을 쓸 때 소재로 큰 도움을 받아서인지 독서 모임은 작가가 되고 싶은 사람들에게 적극 추천한다. 독서 모임이 작가의 성장과 창작 활동에 영감을 불어 넣기를 바란다.

정답은 아니더라도
방향은 얻어갈 수 있다

독서 모임을 진행하면서 개인적으로도 많은 일이 있었다. 원래는 독서 모임 호스트가 아닌 작가가 되고 싶었다. 꾸준히 글을 쓰던 나는 한 출판사와 출간 계약을 맺고 교정을 시작했다. 그러나 의견이 맞지 않아 출판사와의 계약이 종료되었다. 출간하게 된다면 결국 마음에 드는 글이 나오지 않을 것을 알지만, 다시 투고부터 시작하는 상황이 무서웠다. 모임에서는 근황을 얘기하는 경우가 많다. 그래야 분위기가 풀어지기 때문이다. 물론 게스트에게 위로받는다거나 내 편을 만들고자 하는 마음은 없었다. 다만 마음을 쓰는 상황이 있고, 그 상황을 마무리해야 하니 해결 방법을 고민하고 있었을 뿐이었다.

계약 파기를 앞두고 있는 내게 한 게스트가 '출간을 앞당기는 일이네요.'라고 말했다. 나와 결이 맞는 출판사를 찾는 게 옳다는 뜻이었다. 그분은 기억하지 못했지만 주위듣는 내

34

가 크게 들었다. 그 말에 용기를 내서 출판사에 계약을 종료하겠다고 전할 수 있었다. 그뿐만이 아니다. 독서 모임에 대한 글을 쓸 생각은 없냐는 말에서 출발해 지금 이 글을 쓰고 있다. 생각이 휘발되기 전 마음에 씨를 뿌리는 역할을 했다. 스쳐 지나가는 한마디가 마음에 콕콕 박혀 들어왔다.

모임을 통해 어려운 상황 속 위로와 지혜를 얻었다. 출판 과정의 어려움을 극복하고, 새로운 방향을 모색하는 과정에서 독서 모임은 큰 방향을 잡아주었다. 작가로서의 성장을 이끌어 주는 소중한 경험이었다. 이 글을 읽는 독자가 독서 모임에서 긍정 에너지와 방향을 찾아갈 수 있기를 바라며, 호스트라면 그런 에너지를 전하는 현명한 사람이 되기를 바란다.

2장

독서 모임을 시작하기 전에

독서 모임 콘셉트 잡기

주변 사람들에게 질문하기

운이 좋게 소셜링 플랫폼에서 셀렉티드 호스트라는 타이틀을 얻게 되었다. 출발선이 달랐지만 그뿐이었다. 더 나은 환경에 있다고 해도 사람들의 이목을 끌지 못하면 살아남을 수 없었다. '얼마나 매력적인 콘텐츠를 만들어 모객할 수 있는지'는 철저히 호스트의 몫이었다.

문토는 나를 '글쓰기 분야' 호스트로 불렀다. 글쓰기나 독서 모임으로 시작하면 좋겠다는 생각으로 글을 써서 첨삭해 주는 모임은 어떨지 고민했다. 지인에게 돌아오는 답변은 이랬다.

"글 쓰고 첨삭해 주는 건 언니 문체로 찍어내는 거 아닐까요? 예민할 수 있을 것 같은데."

맞는 말이었다. 글을 잘 쓴다는 건 자신의 문체를 찾은 것뿐이라는 문장을 본 적이 있다. 내 문체도 찾아가는 중인데 누구의 글을 다듬겠냐며 생각을 접었다. 과연 무슨 모임을 해야 사람들이 좋아할지 아이디어를 내고 있을 때 두 가지 제안을 받았다.

"책 읽고 10분으로 간단하게 요약하는 콘텐츠가 별로 없던데 언니가 정리를 잘하니까 유튜브 해 주면 안 돼요? 나 구독할래."

"책을 읽고 싶다는 생각만 있지, 이대로 가다간 평생 읽지 않을 것 같으니까 나를 위한 모임을 만들어 줘."

두 번째 의견을 들었을 때는 조금 황당했다. '내가 왜?'라는 마음이 먼저 들었지만 어쩐지 묵직하게 다가왔다. 본인처럼 책을 2줄 읽는 것도 버거워하는 사람을 위한 모임을 만들어 달라니. 곰곰이 생각해 보니 오히려 독서 모임의 형식을 잡을 때 수월할 수도 있겠다는 생각이 들었다. 결국 책을 펼칠 엄두도 못 내고 손가락만 담그고 싶은 사람들의 모임을 만들어 보기로 했다. 얼렁뚱땅 북클럽 '초보자들도 읽고 싶은 모임'의 콘텐츠가 여기서 시작되었다.

마인드맵 그리기

어떤 독서 모임을 만들어야 할지 고민될 때 간단히 마인드맵을 그리는 것만으로도 윤곽이 잡힌다. 예비 호스트를 위한 콘텐츠를 구상할 때 사용한 방법이다. A4 용지 두 장을 꺼내 한 장은 '나'를 주제로, 다른 한 장은 '독서 모임'을 주제로 마인드맵을 그린다.

'독서 모임'을 주제로 한 마인드맵 방법

1. '독서 모임'을 가운데 그린다.
2. '독서 모임'을 떠올렸을 때 떠오르는 큰 특징들을 써본다. 예시) 좋아하는 책 종류, 작가, 기억나는 독서 모임, 선호하는 독서 모임 스타일 등 **- 10분**
3. 가지를 뻗어 나가면서 상세한 아이디어를 추가한다. 예시) 하고 싶은 독서 모임, 지정 독서, 자유 독서, 게스트에게 전달하고 싶은 메시지, 독서 모임을 하고 이유 등 **- 20분**
4. 가지를 뻗어 나가면서 떠오르는 모든 생각을 덧붙인다. 예시) 문토에서 나의 위치는 어떤가, 모임 진행에서 가장 걱정되는 부분 등 **- 20분**

'나'를 주제로 한 마인드맵 방법

1. '나'를 가운데 그린다.
2. '나'를 떠올렸을 때 떠오르는 큰 특징들을 써본다.

예시) 장단점, 직장, 사는 곳, 취미, 못하는 것, 잘하는 것
등 - **10분**

3. 가지를 뻗어 나가면서 상세한 아이디어를 추가한다. 예
   시) 직장에서 맡고 있는 업무, 업무에 필요한 역량, 나만의
   포인트 등 - **20분**

4. 가지를 뻗어 나가면서 떠오르는 모든 생각을 덧붙인다.
   예시) 함께 하고 싶은 사람, 가장 좋아하는 책 등 - **20분**

왜 이 두 가지 주제로 마인드맵을 했을까?

'독서 모임'만을 주제로 생각했을 때는 평범한 독서 모임
을 만들 때 방향을 잡기 수월하다. 평소에 어떤 책을 좋아하
는지(책 선택), 어떤 모임을 선호하는지(지정 독서, 자유 독
서), 왜 독서 모임을 하고 싶은지(정체성) 등을 고려할 수 있
기 때문이다. 여기서 더 구체적인 콘텐츠를 고안하기 위해
'나'를 주제로 표현하는 것이다. 자신에 대해 생각하다 보면
내가 가진 장점, 단점, 경험 등을 알 수 있게 된다. 수많은 경
험과 장단점을 독서 모임에 어떻게 연결할 수 있을지 고민
하다 보면 '나만의 콘텐츠'를 만드는 데 도움이 된다.

나만의 콘텐츠 :
메인 콘텐츠를 향해 가는 시행착오

'독서 모임'에 관한 마인드맵

나 역시 마인드맵을 직접 작성하며 방향을 잡았다. '독서 모임' 마인드맵으로 모임의 틀을 정했고, '나'에 대한 마인드 맵으로 접목할 수 있는 색다른 장점을 찾아봤다. 다음과 같은 시행착오를 거쳤다.

독서 모임에 대해 생각하며 깨달은 나의 모습 첫 번째, 흥미로운 주제로 대화하는 것을 좋아한다. 좋아하는 책만 읽는다는 뜻이기도 해서 편독을 없애는 모임을 진행하지 못한다. 두 번째, 지식 전달에 약하다. 그래서 이론이 오가는 모임보다는 감정을 다루는 책을 주로 다룬다. 세 번째, 집중력이 약하다. 내 모임은 길어야 2시간 반이다. 이런 상황을 고려해서 책의 종류를 인문이나 에세이로 국한했다. 지식적인 이야기보다는 감정을 나눌 수 있는 형식으로 만들었고, 평상시에 글을 쓰다 보니 읽기도 하고 쓸 수도 있는 모임으로 틀을 잡았다.

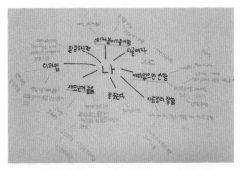

'나'에 관한 마인드맵

나에 대해 정리하며 새롭게 알게 된 사실은 그림을 잘 그리지 못하지만 스티커를 붙이며 아기자기하게 꾸미는 걸 좋아한다는 것이다. 현재 독서 모임에 사용하는 교재도 상당히 알록달록하다. 두 번째, 내가 사는 지역은 독서 모임이 활발하지 않아서 남양주나 서울로 와야 한다. 불편하더라도 장거리를 이동해야 한다. 세 번째, 흥미롭지 않으면 움직이지 않는다. 독서 모임을 진행하고 몇 개월 뒤 내가 덕후 기질이 있다는 사실을 알게 됐다. 독서 모임을 좋아해서 지겹도록 준비를 한다. 이 내용을 토대로 '초보자를 위한 독후감 쓰기 모임'을 만들었다. 막연한 고민을 안고 S에게 갔다.

다꾸족들을 위한 다이어리 꾸미기 독후감 모임

S에게 독후감을 쓰는 게 어려운 이유를 물었다. 들어 보니 노트에 대한 고정 관념이 있었다. 줄 노트는 공부하는 기분이라 싫었고, 칸 노트는 칸마다 글자를 채워야 한다는 압박이 들어 부담스럽다고 했다. 꼭 독후감에 형식을 둘 필요는 없다. 하고 싶은 형식으로 낙서부터 시작하면 어떨까. S는 읽기를 싫어하지만 다꾸(다이어리 꾸미기)는 좋아한다. 좋아하는 행위에 들이고 싶은 습관을 섞기로 마음을 먹고, 빠르게 다음 약속을 잡았다.

S는 한 권을 다 읽기 버거우니 한 페이지로 이해할 수 있는 글을 추천해 달라고 했다. 마침 김이나 작사가의 《내 안의 어린아이에게》를 읽고 있었는데, S도 편히 읽을 수 있겠다는 확신이 들어 추천했다. 어렵지 않은 단어들이라 접근성이 좋았다. 그러나 한참 동안 글을 읽으면서도 무슨 말을 써야 할지 감을 잡지 못했다. 한 페이지를 읽는 것도 어려워했다. 현저히 떨어진 집중력으로 다른 스티커를 사겠다며 다이

소로 떠났다. 떠난 자리를 바라보며 생각했다. 뭐가 어려운 걸까.

S가 돌아오기 전에 글을 다시 읽고 내용에 관한 질문을 준비했다. 그러자 한 글자도 못 쓰며 딴청을 피우던 S가 집중했다. 오히려 자신의 고민을 이야기했다. 그에게 이 말을 글로 표현하면 독후감이라고 했다. "이런 거라고? 독후감이?"라며 처음으로 독후감을 쓰기 시작했다. 그런 S를 바라보며 책을 읽지 않고 오더라도 참여할 수 있도록 한 꼭지를 한 페이지로 정리하고, 질문을 6개 정도 만들었다. S의 도움으로 기본 콘텐츠가 만들어졌다.

처음 시도한 형식은 한 페이지 글과 6개의 질문이 포함된 독후감 가이드라인이다. 함께 읽은 책에서 깨달음을 줄 수 있는 인사이트로 구성한다. 가이드라인이 있으니 당연히 모임에는 책을 읽고 오지 않아도 된다. 3가지 주제 중 2가지를 정한 후 30분간 독후감을 작성한 게 첫 시작이다. 이제는 100회 이상 모임을 진행하다 보니 시간적인 여유가 없음을 깨닫고 주제 1개, 질문 4개, 인원수 9명, 모임 2시간으로 고정해 일주일에 1번 이상 진행하고 있다.

독서 모임은 언제든 바뀔 수 있다. 플랫폼의 트렌드는 계속 변하고 독자의 니즈에 맞춰 움직이기 때문이다. 유연한 마음을 가지고 수정할 수 있어야 한다.

메인 콘텐츠 :
참여하고 싶은 모임은 무엇이 다른가

독서 모임을 진행하기 전에는 인스타로 책스타그램을 운영했다. 나와 결이 맞는 출판사를 찾고 싶었기 때문이다. 책을 읽고 난 후에는 꾸준히 독후감을 남겼다. 그 과정에서 독서 모임이 시작됐다. 책스타그램은 자연스럽게 독서 모임을 홍보하는 통로가 되었다.

이전에 썼던 독후감을 다 지우고 다시 피드를 채워가던 중 우연히 책을 출간한 인친을 발견했다.《오늘도 출근하는 김 순경에게》의 이재형 작가다. 당시 그는 출간한 지 얼마 되지 않아 서평단을 모집하는 중이었다. 열심히 글을 쓰는 경찰 작가님이 궁금해 책을 구매했다. 독후감 가이드라인을 만든 지 얼마 되지 않았지만 주저 없이 작가님에게 연락했다. 독서 모임으로 책 홍보를 할 테니 나를 도와 달라고 말이다. 돌아보면 무슨 용기였는지 모르겠다.

말 그대로 '대뜸' 시작한 콘텐츠였다. 매주 반복되는 독서 모임에 색다른 활기를 불어넣어 줄 수 있는 요소였다. 그 후 한 달에 한 번은 저자의 친필 사인을 받은 책으로 모임을 진행하게 됐다. 저자의 친필 사인 도서와 작가님이 직접 질문에 답한 내용으로 독서 모임을 진행했다. 타 모임과 차별성을 주는 첫 시도였다. 저자와 함께하는 얼렁뚱땅 독서 모임은 늘 참여도가 높았다. 그래도 진행 방식에 대한 고민이 있었다. 책이 아닌 저자를 직접 모시는 방법도 있기 때문이다. 이재형 작가의 책으로 모임을 꾸릴 당시 이미 모임이 5회 정도 진행된 상황이었다. 많은 인원이 모이진 않았지만 꾸준히 나와 주는 사람들이 있었다. 무엇보다 모임원의 의견이 중요했다.

그냥 도서가 아닌 친필 사인 도서를 주면 좋겠다고 생각한 이유는 '저자가 직접 오는 것은 아니지만 자신의 책을 읽는 독자들을 생각하고 있다'라는 의미를 담고 싶었기 때문이다. 모임에 참여하고 싶다는 작가님도 계셨지만, 모임원들이 거부했다. 내밀한 이야기를 하고 싶은데 저자 앞에서는 제약이 생기기 때문이다.

그래서 직접 오시겠다는 작가님들께 양해를 구했다. 물론 모든 모임원을 만족시킬 수는 없다. 모든 사람에게 사랑받을 수 없듯, 독서 모임도 마찬가지다. 이를 염두에 두고, 내 모임이 좋아서 오는 사람들의 의견에 귀를 기울인다. 내가 운영하고자 하는 모임의 틀은 정하되 더 좋은 방향으로 나아갈 수 있다면 그 방법을 택해야 한다.

나만의 정체성,
가치 문장 만들기

　　'역시 넌 최고야! 기분 너무 좋아! 잘하고 있어! 그냥 해!
정진!'

　　일기장에 자주 썼던 문장이다. 지금은 글을 솔직하게 쓰
는 편이지만 원래는 일기장에도 좋은 말만 적었다. 돌이켜보
면 분명 어려웠던 시기였는데 한참 뒤에 일기장을 보면 마
음과 다른 말이 가득했다. 분명 슬픔에 잠겨 허우적거리고
있었던 때였는데 흔적도 없다는 게 이상했다.

　　돌아보면 타인에게 솔직해지는 연습이 되지 않았을뿐더
러 스스로에게도 솔직하지 않았다. 마치 힘들면 안 되는 사
람처럼 굳세게 지내려고 노력했다. 이를 알게 된 후 꽤 충격
을 받았다. 그때부터 일기장에서만큼은 진짜 솔직해지기로
마음을 먹었다. 이제는 일기장이 가장 친한 친구다.

'지어냄을 지워내면 생각이 보입니다.'

독서 모임을 운영하다 보면 어떤 이유로 모임을 진행하는지 고민스러운 시기가 온다. 나는 책을 사랑한다는 이유로 더 많은 사람과 솔직한 대화를 나누고 싶었다. 목적이 확실하다고 생각했지만 정리된 문장은 없었다. 작가로 글을 쓸 때 솔직하게 쓰기로 했고, 독후감 모임을 진행할 때는 표현하기 어려워하는 사람들이 자기 생각을 명확히 볼 수 있도록 돕고 싶었다. 그때 우연히 SNS에서 비전 컨설턴트 일을 하시는 분을 알게 됐다.

그는 독서 모임을 키우고 싶은지, 어떤 목표와 생각으로 운영하고 있는지 물었다. 당연히 커지고 싶다고 말하자 독서 모임에서 이루고 싶은 가치를 한 문장으로 담을 수 있어야 한다고 했다. 그렇게 만들어진 가치 문장이 '지어냄을 지워내면 생각이 보입니다.'이다.

글은 솔직하게 쓰는 게 가치관이고, 독서 모임도 마찬가지였다. 나 역시 글을 쓸 때 무슨 말을 쓸지 몰라 고민만 하던 시절이 있었다. 에세이스트라 일상을 쓰면 됐는데 소설처럼 새로운 세계관을 만들어내려고 하니 글을 쓸 수가 없었다. 지어내는 것을 그만두면 진짜 마음을 정리해서 쓰기만 하면 된다는 것을 깨달은 순간부터 글이 써졌다. 가치 문장을 정하면서 독서 모임을 아우르는 정체성까지 바로잡을 수 있었다.

운영진이라면 '나'와 '독서 모임'에 대해 생각하며 게스트에게 전달하고 싶은 메시지를 고민하는 과정이 필요하다. 내 모든 교재에 하나의 가치 문장이 담겨있다. 이 후킹 멘트를 보고 모임에 참여하는 분도 있다고 들었다.

비전 컨설턴트는 자신의 정체성을 담은 문장을 평생 지켜나가야 한다고 말했다. 수개월이 지난 지금도 이 문장 그대로, 사람들의 생각을 솔직하게 담을 수 있는 독후감 모임을 진행하고 있다.

핫플로 갈 것인가,
틈새를 노릴 것인가

"제가 사는 지역은 모임이 별로 없는데 웬일로 열렸길래 응원하는 차원에서 왔어요. 파이팅!"

남양주에서 모임을 할 때는 호스트를 제외하고 2명만 와도 감사히 모임을 진행한다. 그날도 마찬가지였다. 모임을 시작하기 전에 닉네임과 참석 이유를 물으면 보통은 '근처에서 독서 모임을 해서 찾아왔어요.' '책 읽고 나누고 싶어서요.'라고 이야기하는데 그는 달랐다. 남양주에 모임이 열리는 게 신기해서 응원하러 왔다는 것이다. 감사하기도 하고 슬프기도 했다. 그분은 응원하러 왔다가 좋은 인사이트를 얻고 간다며 후기까지 남겨주셨다.

문토 모임은 주로 서울에서 열린다. 내가 사는 지역에는 모임이 한 개도 열리지 않는 걸 보면 편차가 얼마나 심한지 알 수 있다. 나도 첫 모임 지역을 두고 고민했다. 틈새시장을 노리면 남양주에서도 독서 모임 정착이 가능하다고 생각했기 때문이다. 경기도 끝자락에 살다 보니 내가 사는 지역에 독서 모임을 열면 줄줄이 폐강이 이어질 것 같았다. 남양주 분들 중에 근처에서 모임을 하고 싶지만 여는 곳이 없어 서울로 나간다는 이야기를 종종 듣기도 했다.

서울로 나가면 막차를 타고 들어와야 하니 부담이 된다는 사람도 많았다. 당시 모임은 마포, 문래, 성수에 밀집해 있었다. 서울도 좋지만 매주 나가는 데 한계가 있어서 남양주와 송파를 선택했다. 남양주는 콘텐츠를 가지고 하는 독서 모임이 별로 없었고, 수요도 적지 않았다. 송파도 땅은 넓은데 구미가 당기는 모임이 없고, 소셜링을 위해 다른 지역으로 간다는 얘기를 듣고 만들게 되었다. 송파는 2주에 한 번 정도 가곤 했다. 집이 멀어서 하루 한 모임만 열면 오가는 시간이 더 들기에 하루 2개의 모임을 열었다.

수요가 많은 지역과 적은 지역을 오가면서 느끼는 장단점이 있다. 남양주는 소수의 인원이 만나기 때문에 깊은 대화가 가능하지만 폐강의 위험이 있다. 나를 제외한 두 명의 인원이 있어야 모임이 진행되는 만큼, 수요가 없으면 모임을 진행할 수가 없다. 송파는 평소에 멀리 살아서 오지 못했던 인원들을 수용할 수 있다. 인원도 평상시보다 2배는 많다. 대신 깊은 대화를 할 시간적인 여유가 적고 나도 멀다.

온라인 모임도 도전해 봤다. 하지만 희망 인원이 적어 지금은 운영하지 않는다. 진행해 보니 온라인 모임의 장점은 첫 번째, 독서 모임을 정말 하고 싶어서 온다. 두 번째, 주변 소음이 비교적 적기 때문에 모임 집중도가 좋다. 세 번째, 공간의 제약을 받지 않는다. 단점은 인원이 적다는 것이다. 문토는 독서 모임을 원하기보다는 만나서 대화하고 싶은 사람이 많다. 그러다 보니 온라인은 줄줄이 폐강됐다. 어느 플랫폼에 속해있는지에 따라 특징을 분석해 가면서 모임원의 니즈에 맞게 움직이면 된다.

어느 지역에서 모임을 열고 싶은지 생각해 보고, 어느 지역 사람이 많이 오는지 분석할 필요가 있다. 나는 남양주에서 주로 열었지만 어느새 남양주 인원은 줄고 서울에서 오는 사람이 많아졌다. 송파에서 할 때는 85%가 송파 주민이었고, 당시 송파에 독서 모임 자체가 없어서 꾸준히 진행할 수 있었다. 현재 평일은 마석, 주말은 송파 및 서울 지역에서 활동하고 있다.

'그래서 몇 명 오시는데요?'

지금 생각해도 호스트 인생 가장 부끄럽고, 잊고 싶은 소셜링이 있다. 15명이 모이는 파티라 저렴한 파티룸을 대관했다. 왠지 대관료가 저렴하다고 생각했는데 바로 아래층이 성인용품점이었다. 어린 자녀를 데리고 온 게스트가 있었고, 모임 장소는 3층이었다. 게스트보다 먼저 장소에 도착해서 성인용품을 보는 순간 아찔했다. 누가 봐도 의심의 여지 없이 성인용품점이었다.

아무리 성인들이지만 처음 보는 게스트도 많았고, 아이들도 있어서 민망함을 숨길 수 없었다. 다들 2층을 지나 올라오면서 아닌 척했지만 적잖이 당황했을 텐데, 별 탈 없이 넘어가 줘서 감사할 따름이었다.

독서 모임을 운영하면서 장소 대관을 고민하는 호스트가 많을 거라고 생각한다. 물론 나도 마찬가지였다. 친한 호스트는 첫 모임에 모객이 되지 않아 20만 원을 날린 경험이 있다. 조금 더 안정적인 장소에서 모임을 하려면 스터디룸을 빌리는 게 좋지만 적은 돈이 아니다. 부담을 줄이기 위해 일부러 음료값만 받는 카페들 위주로 장소를 찾아 봤다. 독서 모임 장소를 선정할 때는 역에서 가까운지, 음료값만 받는지, 다수를 수용할 수 있는 테이블이 있는지 확인했다. 한 지역에 정착한 상황이 아니었기 때문에 남양주 곳곳을 알아보며 카페에 전화를 돌렸다. 당시 전화 멘트에 포함한 정보를 정리해 봤다.

- 모임 인원수를 수용할 만한 테이블
- 미팅룸 추가 비용
- 주차장 유무
- 예약 가능 여부

여기서 걸림돌은 '예약 가능 여부'였다. 대부분 '그래서 몇 명 오시는데요?'라는 말이 돌아왔다. 문토 특성상 모임 장소를 정해두고 인원을 모집해야 해서 몇 명이 올지 모른다. 정확한 인원수를 물어보시니 당황스러울 수밖에. '아... 이제 모집해야 해서요.'라고 얘기하면 퉁명스럽게 '확정되면 전화하세요.'라고 했다.

서울은 특히 예약하기가 어려웠다. 그래서 장소를 구할

때 항상 부담이 컸다. 자리가 넓다고 해서 갔는데 생각보다 좁았던 경우도 있어서 눈으로 보지 않는 이상 장소를 확정 짓기도 어려웠다. 번외로 남양주는 생각보다 마감 시간이 빨라서 여덟 시에 만났다가 아홉 시 반에 나가야 하는 불상사도 있었다.

그래서 이제는 최대한 한 장소에서만 진행한다. 20회 차가 되어서야 지정 카페를 찾았다. 마석은 접근성이 좋고 공간이 넓어 모임에 크게 방해가 되지 않는 카페를 택했다. 송파 카페는 역에서부터 거리가 멀긴 하지만 미팅룸이 있고, 대관료를 받지 않는다. 많은 인원이 들어갈 수 있어서 격주마다 예약하고 방문한다. 아쉬운 점은 시간제한이 있어서 수용 가능 인원과 별개로 일정 수 이상을 받지 못한다.

한번은 호스트끼리 독서 모임을 진행한 적이 있다. 지금처럼 초보자들의 독서 모임과 동일한 교재로 진행했는데 즉흥 모임이라 대형 카페를 찾았다. 사람이 많다 보니 아무리 호스트끼리 모였다고 해도 집중하기 어려웠다. 그날 서로의 이야기를 듣기 위해 가까이 앉고 목소리도 크게 냈는데 다 끝나고 나서 목이 쉬었다. 미팅룸이 있다면 이러한 변수를 줄일 수 있다.

독서 모임 장소를 찾는 현실적인 8가지 방법

1. 저렴한 스터디룸 대관. 보통 스페이스 클라우드를 이용해 장소를 찾는다. 가격대가 저렴할수록 낡은 건물에 있는 경우가 많다 보니 처음 오는 게스트라면 수상한 곳이라고 생각할 수도 있다. 그런 두려움은 모임에서 잘 풀어주면 된다.

2. 카페 미팅룸 활용. 대관비를 내는 곳도 있다. 내가 아는 호스트는 노원 카페에 대관비를 내고 모인다. 고급스러운 분위기를 주고 싶다면 이런 카페를 찾으면 된다. 미팅룸이 있지만 음료값으로 대체되는 곳이 있는데 나는 그런 곳을 택했다. 예약제로 2시간 사용이 가능하다. 다만 시간 제약이 있으니 모임의 템포를 조절해야 한다. 생각보다 인원수가 적을 경우 음료값으로 2만 5천 원 정도 지불하면 사용할 수 있다. 보통 8~9명의 인원으로 진행하니 분리된 공간에서 저렴하게 모임을 할 수 있다는 장점이 있다.

3. 내 공간에서 모이기. 문토에는 공간대여 사업도 겸하는 분이 많다. 자신의 공간에서 여유가 될 때 모임을 열기도 하고, 본격적인 문화 공간으로 만들기 위해 고군분투하기도 한다.

4. 와인바나 파티룸에 발품 팔며 제안하기. 직접 해본 적은 없지만 주변 호스트들은 자주 사용하는 방법이다. 영업 외 시간을 사용한 후 깔끔하게 정리하겠다고 제안할 수

있다.

5. 자리가 오픈되어 있지만 넓고 손님이 적은 카페. 좌석간 거리가 있어서 사장님도 우리가 무엇을 하는지 모르게 할 만한 장소를 탐색했다. 게스트가 편하게 얘기할 수 있는 자리가 필요하기 때문이다. 손님이 몰리더라도 테이블 간격이 넓어서 집중하기 좋은 곳을 찾는다.

6. 서울특별시 공공서비스 예약(https://naver.me/xiv2DJpj)에서 무료로 대관 가능한 장소를 찾을 수 있다.

7. 무료로 모임을 하고 있다면 각 지역 도서관 세미나실을 대여하는 것도 좋은 방법이다.

8. 투썸 플레이스에 미팅룸이 있다. 최소 4명부터 8명까지 2시간 사용 가능하다. 단, 예약자가 다른 사람이라고 해도 연이어 사용할 수 없다. 예약은 카페 측에서 확인 후에 예약 확정된다. 전날 저녁에 예약하고 다음 날 늦은 오후에 승인되기도 했다.

이외에도 방법은 많다. 찾는 만큼 요령이 생기니 열심히 발품을 팔다 보면 길이 열릴 것이다.

저도 편독은
끊어보려고 했어요

북토크 이후에 작가님과 스탭들이 식사 자리를 가졌다. 어디 앉을까 하다가 좋은 기운을 받고자 작가님 옆에 앉았다. 작가님은 스탭들 중에서 내가 책을 가장 많이 읽었다면서 블로그에 올린 글을 칭찬해 주셨다.

그는 굉장한 다독가였다. 집필한 책에 70권 이상의 추천 도서를 수록했으니 알 만하다. 대화 중에도 스태프들에게 '이 책 읽어봤어요?'라며 책 이야기를 많이 하셨다. 나에게도 몇 번이나 책을 읽어봤냐며 책 제목을 언급했다. 안타깝게도 몇 권을 이야기해도 아는 책이 없었다. 심지어 책을 잘 안 읽는다는 스태프들도 아는 책이었다.

이대로는 안 될 것 같아 나중에는 작가님과 반대쪽을 바라보며 고개를 끄덕였다. 눈을 마주치면 모르는 게 들통날 거로 생각해서 아는 척을 했다. 내 몸에 흐르는 게 눈물일까, 식은땀일까. 참 민망했던 시간이었지만 식사가 맛있어서 기억에 남는다.

출간하고 싶어서 에세이를 줄곧 읽던 중 문토에 스카우
트되었다. 그리고 고민에 빠졌다. 좋아하는 책만 읽는 내가,
다양한 책으로 모임을 할 수 있을까? 에세이는 익숙하지만
다른 분야를 읽으려고 하면 뇌가 정지한 듯 진도가 나가지
않았다. 이런 나를 보며 마음을 크게 먹고 편독을 끊어야겠
다고 생각했다. 독후감 가이드라인을 만들어야 하는데 한 분
야만 읽으면 다채로운 내용이 나오지 않을 거라고 판단했기
때문이다.

도서관에 가서 눈에 보이는 경제학을 꺼내 들었다. 평소
처럼 읽기 시작했는데 책을 읽는 내내 잠이 왔다. 이제는 쉬
어야겠다고 생각하면 두 페이지 남짓 읽었을까. 설마 책을
싫어하게 됐나 싶어 인문학을 읽었더니 하루 만에 뚝딱 읽
었다. 그저 나와 맞지 않는 분야였다. 지인들에게는 당당하
게 편독을 끊어내겠다고 당찬 포부를 밝혔지만 일주일밖에
지속하지 못했다. 그런데 문득 이런 생각이 들었다.

편독을 장려할 이유는 없겠지만, 굳이 끊어야 할 이유가
있을까? 독서하는 방법도 각자 다르고, 좋아하는 글도 마찬
가지다. 드라마를 좋아하는 사람에게 다큐를 강요하는 사람
은 거의 없다. 순수하게 독서가 좋은 사람이라면 읽고 싶은
글을 읽어도 좋다고 생각한다.

여러 책을 읽는 사람이라면 여러 책을 다루는 모임을 진행하면 된다. 나처럼 특정 분야의 책을 주로 읽는다면 해당 분야로 모임을 열면 된다. 결국 내가 진행하는 모임이고, 내가 책임져야 하는데 좋아하지 않는 분야를 가지고 얼마나 지속할 수 있을까. 호스트가 내용을 모를 경우 전문가인 게스트의 페이스에 말리기가 쉽다.

내 모임은 책을 어떻게 읽어야 할지 전혀 감을 잡지 못하고 오는 사람들이 많다. 이런 분들에게는 에세이나 인문학이 다가가기 좋다. 경제나 역사 등 지식이 많이 필요한 영역으로 간다면 알아야 할 내용이 많아진다. 그래서 인문, 에세이, 자기 계발 위주로 콘텐츠를 만든다. 100회 이상 모임을 진행해 보니, 편독이 독서 모임에 방해가 된다는 말은 편견이라고 본다. 오히려 편독하는 스스로에게 '덕후'라는 타이틀을 줬다. 워낙 흥미로운 일들 위주로 파고드는 성향이기 때문이다.

이처럼 운영하고자 하는 독서 모임 콘텐츠를 만들기 앞서 자신이 어떤 성향의 사람인지를 정확하게 아는 게 중요하다. 독서 모임 예비 호스트를 양성할 때도 어떤 이는 지식을 나누기 좋아하고, 다방면으로 아는 게 많아 편독을 끊는 모임을 제안했다. 어떤 분은 심리학에 관한 책을 많이 읽었고, 감정을 많이 다루는 모임을 열고 싶다고 했다. 저마다 성향이 다르듯 독서 모임 또한 운영자의 스타일을 따라가는 법이다.

시간 조절을 위한
타임 테이블

처음 독후감 모임을 시작할 때는 30분간 쓰는 시간을 줬다. 생각 정리가 느린 사람은 30분을 주어도 시간이 모자라다고 하는 반면, 생각도 빠르고 쓰기도 빠르면 15분 만에 끝내버리기도 한다. 주어진 시간보다 빨리 끝내면 혼자 멍하니 앉아 있기도 했다. 남은 시간 동안 휴대폰을 하거나 책을 읽거나, 개인 공부를 하는 사람도 있었는데 대단하다고 생각했던 경우는 15분간 졸던 사람이다. 전날 과음을 했다며 양해를 구하긴 했지만 15분 동안 검은자보다 흰자를 더 많이 봤다. 독후감을 나누면서 잠이 깨는 듯 보였지만 여전히 우스갯거리로 남아있는 모임이다.

이제는 모임을 운영할 때 항상 시간을 조율한다. 모임을 하다 보면 2시간이 훌쩍 넘어갈 때가 많기 때문이다. 2시간 단위로 빌릴 수 있는 미팅룸이 많으니 정리할 시간 5분을 포함해 시간을 알차게 활용하는 게 중요하다. 모임에 오는 게스트가 어떤 스타일인지 기억해 두면 도움이 된다.

어떤 호스트는 오전 10시에 모여 3시간 정도 대화를 나눈 후 뒤풀이 겸 식사를 하러 간다. 그럼에도 아쉬워할 경우 3차로 카페에 가서 하루를 다 사용하는 경우도 있다. 대화를 즐기는 사람들에게는 이 방법이 적합하다.

나는 보통 2시간 안에 모임을 마무리한다. 내 모임에 오는 게스트는 2시간이 넘어가면 버거워하기 때문에 이제는 합을 맞춰 깔끔한 모임을 하게 되었다.

사실 템포 조절은 말만 쉽다. 멤버에 따른 변수가 있기 때문이다. 그날따라 지각하시는 분이 많거나 음료 주문 등으로 어수선하면 10~15분 정도가 날아간다. 어떤 날에는 많이 이야기하고 싶은 분이 있고, 외국인이 모임에 왔는데 의성어가 많아 설명이 필요할 때가 있다. 분위기가 너무 좋으면 서로 말하고 싶어 하기도 한다.

이런 상황을 고려해 시간을 가장 효율적으로 쓸 수 있는 2시간 독서 모임 레시피를 만들었다. 지금도 타임 테이블을 만들어 진행한다. 어떤 호스트는 이미 몇 백 회 이상 모임을 했기 때문에 타임 테이블이 머릿속에 있다고 한다. 그런 경우가 아니라면 손에 익을 때까지, 머리에 남을 때까지 타임 테이블을 들고 다니기를 추천한다. 늘 시간에 쫓기던 나는 이제 넉넉하게 모임을 끝낸다. 실제로 독서 모임을 운영하며 사용하는 타임 테이블과 그 방법을 공유한다.

① 자기소개 5~10분

- 모임장 소개
- 얼렁뚱땅 북클럽 소개
- 교재 소개

  요약글 중 와닿는 곳에 표시하게 하기, 질문 설명하기
- 독후감 주의 사항 안내

  모르겠다는 질문 넘기기, 초보자들의 모임이니 못하는 게 당연함을 인지시키기, 발표할 때 부담스러운 질문은 넘기기, 질문은 가이드라인일 뿐이라고 설명하기

② 독후감 작성 20분

③ 독후감 발표 70분

- 발표 시 주의할 점 안내

  틀린 게 아니라 다른 것이라고 안내하기, 들으면서 상대방에게 궁금한 부분은 물어보게 하기, 꽂히는 단어는 내 것으로 가져가라고 하기

④ 마무리

- 광고 사항 안내하기

파트별로 시간을 조정할 때는 모임의 하이라이트를 잘 정해야 한다. 내 모임의 하이라이트는 독후감을 발표하며 소통하는 시간이다. 그래서 초반에 시간을 최대한 줄여서 발표할 시간을 넉넉히 확보한다. 그러다 보면 어느새 내 속도에 맞춘 독서 모임이 깔끔하게 만들어진다. 준비부터 템포 조절까지 품이 많이 들긴 하지만, 독서 모임을 꾸리기 위해서는 정성이 기본이다.

타임 테이블을 가지고도
마음이 조급한 호스트를 위한 조언

1. 고정적으로 해야 하는 멘트와 흐름은 그대로 적되 주마다 광고 사항이 있을 수 있으니 따로 포스트잇에 적는다. 그래야 같은 타임 테이블을 계속 사용할 수 있다.

2. 시간을 넉넉하게 잡되 대화가 오가는 시간을 최대한 확보한다. 자기소개를 3분 안에 끝내거나, 독후감 20분을 15분에 끝내는 식이다.

3. 시계가 있는 장소라면 눈이 어색하지 않도록 자연스럽게 시계가 보이는 위치에 앉는다. 혹은 시계를 착용하거나 핸드폰 화면을 켜둔다. 그조차 애매하다면 BGM을 틀어 시간을 확인한다.

빌런을 대하는 방법

　뒤풀이가 없는 모임을 선호하다 보니 사적인 자리에서 술을 마시지 않는다. 모임 바깥에서 오는 타격은 없지만 내부에서도 변수는 충분하다. 다양한 인간 군상을 만나기 때문이다. 그중에서도 기억에 남는 사람들이 있다.

　첫 번째, 유난히 말이 많던 게스트
　자신의 이야기를 많이 하는 분들이 모인 자리였다. 질문 하나에 책 한 권을 다루는 정도로 답변을 길게 하셨다. 열심히 경청하던 게스트들의 동공이 점점 풀리고, 등에서는 식은땀이 났다. 끊으려 하는 자(호스트)와 이어가려는 자(게스트)의 팽팽한 줄다리기가 이어졌다. 게스트들은 시간이 짧아서 아쉽다며 다음 일정이 있는 나를 두고 뒤풀이를 갔다.
　이런 경우에는 발언이 적은 사람에게 의견을 물어보며 화자를 바꾼다. 다른 분의 생각을 가볍게 듣고 다음 순서로 넘어간다. 호스트가 대화의 판도를 바꾸는 방법이다. 혹은 시간이 다소 부족함을 언급한다. 처음부터 2시간으로 진행된다고 안내할 수도 있다. 유연하게 발언권을 넘기는 연습을 계속해야 게스트가 상처받지 않고 모임을 이어갈 수 있다. 대화를 끊는 연습은 필수이다.

두 번째, 신중하고 섬세한 게스트

발제문에 딸린 질문 하나하나를 섬세하게 들여다보는 게스트도 있다. 그럴 때면 등에 서늘한 땀줄기가 흐른다. 내 모임이 어떤 스타일인지, 어디서 주로 모이는지, 어떤 책으로 진행하는지 묻는다. 나 같은 경우 이에 성심성의껏 응대한다. 자신이 좋아하는 스타일의 모임을 심도 있게 고르는 중이니 내 모임을 만드는 데도 참고할 수 있기 때문이다.

처음 문토를 시작해 지정 독서 모임을 찾던 게스트가 있었다. 나와는 다른 결의 모임을 원하셔서, 아는 호스트를 모두 언급하며 다른 모임을 소개해 드렸다. 장장 1시간에 걸쳐 추천을 드린 이유는 내 모임에 반드시 오기보다 본인에게 맞는 호스트를 만나길 바랐기 때문이었다. 결국 그와 지금까지도 좋은 인연을 유지하고 있다.

세 번째, 이성에 관심이 있는 게스트

보통 이성적인 관심이 있는 경우는 두 가지이다. 호스트에게 관심이 있거나, 게스트에게 관심이 있거나. 종종 플러팅을 하는 분도 있다. 번호를 물어보며 주말에 뭐하는지 물어보기도 한다. 주말에는 정말 독서 모임만 하기 때문에 독서 모임을 한다고 선을 그었다. 모객이나 되면 좋겠다며 참여 링크를 보내줬더니 연락이 두절됐다.

그뿐만이 아니다. 모임에서 직접적으로 '호스트가 예쁘시잖아요~'라고 이야기하는 분도 있다. 기분 좋은 말이긴 하지만 게스트와 함께인 상황에서 들으면 난감하다. 특단의 조치로 모임에서 애인이 있다고 직접적으로 얘기한다. 그 후로는 잠잠하다. 이제는 털털하게 동네에 있을 법한 언니처럼 말하거나 행동한다. 게스트에게 관심이 있는 경우, 지나치게 눈에 보이면 불편하지 않게 제지하는 편이다. 그래도 뒤풀이를 하지 않다 보니 커플이 생겼다는 얘기를 들은 적은 없다.

호스트도 처음 보는 사람에게 경계심이 들 수 있다. 모임을 운영하고는 싶은데 낯선 사람이 위험하지 않냐고 묻기도 한다. 이럴 때 좋은 방법은 내 바운더리에서 모임을 하는 것이다. 처음 가는 동네에서 모임을 하면 초행길이다 보니 위험할 수 있다. 낯선 사람도 위험할 수 있는데 지역마저 초행길이면 불안감이 배가 된다. 가능한 한 익숙한 지역에서 모임을 하자. 특히 저녁에 모임을 열 경우 끝나는 시간을 정해두는 편이 좋다.

네 번째, 외국인 게스트

외국인이 모임에 함께하면 깊은 대화가 어려울 수 있다. 익숙하지 않은 단어다 보니 하나하나 찾아보셔야 하고, 호스트도 단어를 설명해 줘야 하니 시간이 딜레이된다. 내가 찾은 방법은 모임 시작 2~3일 전에 미리 발제문과 찍어서 보내주는 것이다. 모르는 단어를 미리 찾아 보고 답변을 생각하고 오도록 했다.

다섯 번째, 나이가 한참 많은 게스트

지금껏 가장 나이가 많으셨던 분은 55세 게스트다. 유연한 사고를 하는 분이라면 나이가 상관없지만 초보 호스트에게는 당황스러울 수 있다. 그들만큼의 깊이가 필요하기 때문이다. 이럴 경우 내가 감당할 수 있는 나이와 스타일은 어디까지인지 확인하자. 그 후 감당이 어렵다고 판단되면 정중하게 거절하는 게 맞다.

모임을 하다 보면 다양한 사람을 만난다. 나는 대하기 어려운 사람들일수록 새로운 니즈를 만족시키는 연습을 하면서 실력을 키우는 중이다. 최선을 다해 노력하고 반응이 나오지 않더라도 후회하지 않았다. 그러나 모임 태도가 좋지 않은 사람들이 있다. 호스트로서 실력은 키울 수 있지만 게스트로 오는 사람들이 불편할 수 있기 때문에 처음부터 받

지 않는 방법도 있다. 어떤 게스트를 받아들일지는 호스트의
몫이다.

3장

독서 모임을 지속하기 위해

마인드맵으로
독서 모임 스케치

독서와 취미를 연결한 모임은 많다. [우리들의 북램핑]도 자유 독서 모임과 글램핑을 섞은 북램핑을 진행했다. 당시 인기가 많았는데 후기를 들어보니 책을 좋아하고, 바비큐도 좋아해서 오래 고민하지 않았다고 한다. 좋아하는 것들만 모여 있으니 신청을 안 할 수가 없었다며 너스레를 떨기도 했다.

그에 힘입어 4월, 벚꽃이 피는 시기에 맞춰 피크닉과 독서를 섞은 북크닉을 기획했다. 대성리역 뒷길은 벚꽃이 만개하면 그렇게 장관이다. 게스트와 함께 좋은 풍경을 보고 싶었다. 상봉에서 게스트를 픽업해서 대성리로 모셔 오기로 했다. 어떤 분위기로 흘러갈지 기대가 된다.

나만의 독서 모임을 만들기 위한 심화 과정이 필요하다. 독서 모임에 관한 생각을 마인드맵으로 정리하고 내가 하고 싶은 모임을 머릿속에 그려둔다. 그리고 나만이 낼 수 있는 색을 '나에 대한 마인드맵'에서 찾는다. 앞서 1시간 정도 마인드맵을 작성하라고 했지만 시간을 더 사용해도 된다.

구체적인 방법은 다음과 같다.

- 독서 모임에 활용할 수 있는 특징

  지정 독서를 선호한다. 지식보단 감정을 다루는 모임을 좋아한다. 글쓰기가 가능하다. 전자책을 좋아한다. 편독이지만 다독하며 덕후의 기질을 가졌다.

- 개인적 특징

  일기를 쓴다. 다꾸는 좋아하지만 그림은 못 그린다. 철학적인 대화를 좋아한다. 지방에 살고 있다. 사무직보다는 창의적인 일을 하고 싶다. 자투리 시간을 잘 활용한다. 성장을 추구한다. 정리를 좋아한다. 끈기가 있다. 자신을 탐구한다. 기획력과 리더십이 있다.

위 정보를 활용해 실제로 운영한 모임은 아래와 같다.

- 초보자들의 독후감 쓰기 모임:

  감정을 다루는 모임으로 다이어리 대신 유인물을 꾸미게 했다.

- 나도 나를 모르겠대서 여는 소셜링:

  성장, 실패, 감사, 첫 기억 등 키워드를 잡아 스스로에 대해 알 수 있는 토크형 독서 모임을 열었다.

- 빠르게 실패하는 사람들의 모임:
  실패를 통해서도 성장을 추구하며 꺾이지 않고 도전하는
  마음을 담았다.

- 이제는 책피라웃:
  리더십과 기획력을 활용해 독서 호스트들의 모임을 열었
  다.

이처럼 나에 대해서 알면 알수록 좋다. 그렇다고 모임을
열기 전에 모든 걸 알아야 하는 건 아니다. 분명 새로운 환경
에 던져졌을 때 알게 되는 모습이 있기 때문이다. 모임을 운
영하면서 좋은 방향으로 발전하는 자신을 발견한다. 만약 일
본어에 능통하고, 일본의 문화를 생생하게 알고 있다고 가정
해 보자. 장점을 살려서 모임을 열었지만 생각보다 일본 문
학을 좋아하는 취향이 아닐 수도 있다. 나만이 가진 장점을
돌아보고 그와 결합한 모임을 하다 보면 충분히 나만의 모
임을 만들 수 있다.

호스트의 고민은
모임의 깊이가 된다

　동료 호스트는 독서 모임도 좋아하지만 드라이브도 좋아한다. 따로 가지고 있는 공간이 없다 보니 대관비가 만만치 않다는 점을 감안하고 독서 드라이브 모임을 진행한다. 8명에서 많게는 16명을 모집해 파주 출판단지 같은 장소를 둘러보며 힐링하는 모임이다. 일반 독서 모임에서 한 번 더 고민해서 만들어진 콘텐츠다.

　다른 예시로 일본에 대한 독서 모임을 운영한다고 해 보자. 최소한 일본에 관심이 있는 사람들이 모일 것이다. 모임을 지속하면서 일본에 대해 나누다 보면 6개월에 한 번이나 1년에 한 번은 3박 4일로 일본 여행을 계획할 수도 있지 않을까? 몸집이 큰 모임이라면 같이 여행 갈 사람들을 모집해서 독서 모임을 운영해도 좋겠다는 생각이 든다.

　또 다른 예시로 지역별로 책방을 탐방하는 모임을 만들었다고 가정하자. 책방에 가서 책을 둘러보고 구매한 책을 읽어보는 모임을 할 수 있겠다. 책방은 책방지기의 취향이 가장 잘 드러나는 곳이다. 한 지역 책방에 들러 책을 살펴보니 분야가 꽤 한정적이었다. 책방지기에게 물었다.

"어떤 책을 주로 들여오세요?"

답은 간단했다. 본인이 읽고 싶은 책을 가져온다는 것이다. 요새 눈에 들어오는 에세이, 소설 위주로 들여온다고 했다. 기존 모임에서 한 번 더 들어가 책방 도장 깨기를 진행할 수도 있다. 이를테면 책방 안에서 독서 모임을 진행할 수 있는지 알아보고 책방에서 고른 책으로 모임을 하거나, 책방지기를 섭외해서 직접 큐레이션을 부탁하는 수도 있다. 아예 처음부터 끝까지 책방지기와 함께하는 독서 모임도 가능하겠다.

협업하는 요령과 명확한 콘텐츠가 필요하겠지만 모임을 여러 갈래로 시도해 보고 넓히는 게 좋다. 다양한 아이디어가 나오지 않아 고민하는 사람이 있다면 바이럴되는 콘텐츠, 드라마, 영화, 숏츠 등에서 얻은 소스를 모임과 연결해도 좋다. 나도 아이디어가 나오지 않을 때 숏츠를 한 시간이고 계속 본다.

내가 제안한 내용이 현실적으로 불가능하다고 생각할 수도 있다. 하지만 현실적으로 불가능한지 가능한지는 직접 해 보면 된다. 도전하고 실패했다면 다른 방향을 연구하면 된다. 여러 가지 시도 끝에 마침내 나의 모양새에 맞는 독서 모임을 찾아가길 바란다. 나도 늘 다양한 시도를 한다. 어떻게 해야 재미있는 모임을 할 수 있을지 고민하면서 나만의 색을 찾아가다 보니 고유한 콘텐츠를 만들 수 있었다.

실패하는 경험을
선사합니다

빠르게 실패하는 모임은 실패를 사랑한다. 누군가 '그런 걸 왜 사랑하냐'고 묻기도 한다. 멤버 중에 꾸준한 습관 들이기를 성공했거나, 성취 경험이 있는 사람들은 빠실모 출신이라는 사실에 자부심이 있다. 그래서 타 독서 모임에 가서 빠실모를 홍보하고 오기도 하고, 내 오프라인 모임에 와서 장점을 언급한 적도 있다.

다른 게스트들이 농담 삼아 홍보하려고 데려오신 분이냐고 묻곤 했다. 빠실모에 한 번만 참여하는 사람도 있지만 여러 번 참여해 주신 분들은 어느새 가족이 되어 서로의 든든한 지원군이 된다. 실패 대장으로서 매일매일 서로의 응원이 필요한 멤버가 있다면 발 벗고 나서서 돕는다. 그게 실패하더라도 이겨낼 수 있는 힘이다. 빠실모는 어떻게 만들어지게 된 걸까?

꿈은 많지만 두려움이 더 커서 도전하기 어렵다고 말하

는 게스트가 있었다. 온라인 모임을 진행하던 중 그는 다시 고민했다. 하고 싶은 일은 많지만 움직여지지 않는다는 것이 이유였다. 그때 마침 읽고 있었던 책이 '빠르게 실패하기'였다. 게으른 완벽주의자에게 추천하는 책으로 '일단은 행동하자'는 주제가 담긴 책이었다. 읽고 있던 책을 모니터에 대고 흔들었다.

"이제는 빠르게 실패하자고요! 도전해요, 우리!"

모임이 끝나자마자 바로 독서를 '빠르게 실패하는 콘텐츠'로 구현해 보기로 했다. 이 또한 빠르게 실패해 보는 과정이었다. 책을 읽고 삶에 '적용'하는 것까지가 진정한 독서라고 하던가. 그렇다면 우리는 진정한 독서를 시작하게 된 셈이다. 빠르게 실패하는 모임 '빠실모'는 3주 챌린지로 이루어진다. 챌린지를 시작하기 전 메일로 직접 만든 개인 목표 달성 폼을 공유해 드렸다. 폼에는 아래와 같은 내용이 담겨 있다.

1주차	이름
	슬로건
현재 상황 및 문제점	

구체적인 행동 계획 및 세부목표	
두려운 것이 있다면	
각오	

2주차	이름
	슬로건
1주차 목표 대비 달성 체크	
목표 재설정 및 구체적인 행동 방안	

지난 주 대비 아쉬운 점	
2주차 각오	

'빠르게 실패하는 모임' 1,2주차 목표 달성 폼

3주 동안 총 3번의 모임이 진행된다. 진행하는 과정에서 모임이 끝날 때마다 문토 피드(인스타그램 피드 개념)를 올리면 서로를 응원하는 댓글을 단다. 참여비가 비싸다고 하는 분들도 있는데 '돈을 냈으니 아까워서라도 움직이자'는 의도도 있다. 가장 열심히 참여한 사람을 뽑아 일정 금액을 환불해 주고 있다. 자기 계발에 힘쓰라는 이유다. 빠실모가 진행되는 주차별 타임 테이블은 아래와 같다.

타임 테이블
1주 차 온라인 모임
- 미래 모습으로 자기소개 및 폼 발표

  예시) 안녕하세요. 저는 문토 온도 99.9도이자 문토의 우량주, 독서 모임으로 전국을 제패한 동네언니입니다. (문토는 호스트나 게스트 모두 모임에 참여한 후 평가를 할수 있는 제도가 있다. 36.5도에서 시작해서 점수가 떨어질 수도, 높아질 수도 있다.)

2주 차 온라인 모임
- 1주 차 목표 대비 달성 여부 나누기

3주 차 온라인 모임
- 처음 목표 대비 달성 여부 나누기, 느낀 점, MVP 시상식

많이 받은 질문 첫 번째는 '작은 목표는 안 되나요?'이다. 빠실모가 강한 조직으로 보일 수는 있지만 그렇지 않다. 성공 여부는 개인의 역량에 달려있다. 우리는 실패하더라도 겁먹지 말고 다시 도전하는 데 초점을 둔다. 어떤 사람은 사람들과 소통하기 위해 하루 한 번씩 플레이리스트를 공유한다. 어떤 사람은 건강한 습관 만들기에 집중한다. 결론은 빠르게 실패하기 위해 무엇을 도전하든 상관없다. 원래 목표를 이루는 과정은 길고 지루한 법이다.

동네언니의 역할을 묻는 분도 있다. 나는 자칭 '실패 대장'이라고 부른다. 1주 차 모임 때 내가 가장 먼저, 가장 크게 실패할 테니 두려움은 맡기고 도전하라는 이야기를 한다. 나는 모임을 진행하면서 출판사 계약이 어그러지는 실패를 맛

봤다. 원하는 인스타그램 팔로우 수 달성도 실패했고, 네이버 도서 인플루언서 낙방도 여러 차례다. 하지만 겁 없이 도전해서 독서 파인 다이닝 2회 모두 정원이 마감됐다. 자기 확언처럼 외쳤던 문토 온도 99.9도도 이루어졌다. 송길영 박사님의 북토크도 성공시켰다.

빠실모와 함께라면 무엇이든 할 수 있다. 끝까지 해내고야 만다. 실패를 다시 성공으로, 그 길에서 마침내 성장할 것이다. 2023년 7월에 시작된 빠실모는 2024년 7기로 새롭게 오픈했다. 우리는 앞으로도 계속 달려 나갈 예정이다.

출판 계약이 뒤집어졌을 때 팀원들에게 말했다. 이제 출판사와 관계를 마무리 짓고 다시 시작하겠다고 말이다. 대부분의 사람들이 위로해 주었기에 팀원들도 그럴 거로 생각했다. 그때 잊을 수 없는 말을 들었다.

"축하드려요. 좋은 소식 기다렸는데 이제 들려주시네요. 긍정적인 기운 받고 갑니다!"

아마도 이 말을 오래 잊지 못할 것이다. 더 많은 사람이 진정한 위로를 받을 수 있도록 멈추지도 않을 것이다. 여전히 나에게 성장은 성공보다 실패에 가까운 말이다. 우리의 성장이 모여 성공이 될 것이란 사실을 믿는다. 그러니 빠실모의 성장과 성공을 믿는다.

자신이 누구인지
알고 싶은 사람들

[나도 나를 모르겠대서 여는 소셜링], 나나소에는 다양한 버전이 있다. 이번 모임은 감사가 주제였다. 한 게스트는 평소에 감사한 부분을 계수해서 다닌다며 이번 모임을 위해 감사한 일을 추려왔다고 했다. 번아웃이 온 적도 없고, 열등감이 없는 분이었는데 평소에 긍정적인 에너지로 건강한 생각을 하기 때문이라는 생각이 들었다.

개인적으로 이 모임은 직접적으로 얻어갈 수 있는 인사이트가 없을 거로 생각해서 폐강될 줄 알았다. 그러나 다들 물 만난 고기처럼 감사함을 이야기해 신기했던 모임이었다.

그뿐만이 아니다. '내 마음의 광합성 나누기'는 마음을 뽀송하게 만드는 게 무엇인지 나눈다. 친언니가 고민이 있을 때는 머릿속에 큰 도화지를 그리고 그 안에 감정을 모두 담아 점이 될 때까지 구겨버리라고 얘기한 기억을 공유했다. 다들 그 내용을 적어 가면서 저마다 마음을 정리하는 방법을 알려줬다. 최대 8시간 동안 산책을 해봤다는 분도 있었다. 성지순례를 하시는 줄 알았다.

"언니, 나는 내가 누구인지 모르겠어."

당시 문토에는 '나'에 대한 모임이 인기를 끌었다. S는 자아에 관한 모임을 열어줬으면 좋겠다고 했다. 그때 시작된 모임이 '나도 나를 모르겠대서 여는 소셜링'이다. 처음 제목을 고민할 때는 '내가 나를 모르겠어서 여는 소셜링'으로 열려고 했다. 그러나 나는 자신이 어떤 성향인지 잘 알기 때문에 지금의 이름을 정하게 됐다.

내 모임은 책에서 주제를 많이 가져온다. 이 모임도 마찬가지였다. 하나의 주제를 두고 발제문과 질문을 넣어 운영한다. '초보자들도 읽고 싶은 모임'과 다른 점은 주제가 '나'에 집중되어 있다는 점이다. 그리고 최대한 발제문을 짧게 한다. 자아에 관한 주제로 한 번 이상 진행된 모임만 정리했다.

1. 나에게 소개하는 자기소개서

칭찬은 고래도 춤추게 한다 / 캔 블랜처드 외 3명

왜 회사에 입사하기 위해서만 자기소개서를 쓰는지 의문이 들어 만든 콘텐츠다. 자기소개서에서 주로 사용하는 질문을 뽑아 '나'를 향한 질문이 되게끔 수정했다. 마지막에는 단점 2가지를 작성하는 질문인데 단점을 쓰면 장점으로 바꿀 수 있도록 생각을 전환하게 했다. 예를 들어 다른 사람들의 눈치를 많이 보는 게 단점이라면 배려하는 마음이 예쁘다고 하는 것이다.

2. 널리고 널린 감사함 찾기

지쳤다는 건 노력했다는 증거 / 윤호현 작가

작은 일에 감사하며 살아가자는 의미를 담아 만든 콘텐츠로, 자기계발서 윤호현 작가님의 글을 활용했다.

3. 실패담 콘테스트

슈퍼노멀 / 주언규 작가

주언규 작가님은 실패에 대한 긍정적인 사고 회로를 제시한다. 빠르게 실패하는 모임을 진행하고 있는 만큼 실패의 장점을 강조하고 싶어서 오프라인 모임으로 만들었다.

4. 연말정산 나와의 소통 어워즈 앤 페스타

질문 있는 사람 / 이승희

이승희 작가님의 책으로 연말을 돌아보는 질문을 만들었다. 회고라는 걸 해 보지 않은 분들에게는 생소하지만 스스로를 돌아볼 수 있는 시간이었다고 한다.

5. 내 마음의 광합성 나누기

준비물은 사랑하는 마음 / 심지연 작가

서로의 마음을 뽀송하게 만드는 일들을 나누는 소셜링이다. 마음을 다스릴 수 있는 방법을 많이 얻어간 모임이다.

하나의 책으로 모임 전체를 관통하는 메시지를 넣어 스스로를 돌아볼 수 있도록 만들었다. 이 콘텐츠는 계속해서 이어가고 있다. 책도 읽고, 나를 알아가는 사색도 할 수 있으니 이보다 풍성한 독서가 있을까? 개인적으로 운영하는 소셜링 중에서는 나도 나를 모르겠대서 여는 소셜링의 인기가 가장 좋다. 그만큼 자신에 대해 알고 싶은 사람들이 많다는 뜻이다.

대규모 독서 모임을 위한
준비 과정

대규모 독서 모임을 진행하려고 했을 때 처음 기획하는 일이라 아침에 일어나는 시간부터 자기 직전까지 회의만 했다. 당시에 머리가 쉴 새 없이 돌아가서 잠을 제대로 이루지 못하고 행사를 치렀다. 결국 팀원들에게 '저녁 11시 핸드폰 금지령'이 내려와 일 금지 시간이 정해졌다.

함께 일하는 온이 호스트는 다니고 있던 직장을 잠시 쉬고 싶다며 한 달 반 동안 휴가를 썼다. 그때 잘못 걸려서 한 달 반 동안 아침에 일어나서 새벽까지 일하고, 결국 쉬지 못했다. 그렇게 공들여 준비한 모임이 바로 [독서 파인 다이닝]이다. 결과부터 시작해 준비 과정을 모두 공개한다.

1. 모임 결과

독서 파인 다이닝 1회 차는 문토 '이달의 소셜링'으로 선정되었다. 일주일 만에 42명과 대기자 10명이 모여 마감되었고, 11명의 작가님이 친필 사인 도서를 협찬해주셨다. 참여자 중 11분이 앵콜을 신청했다. 2회 차는 자기 계발 탑 호스트 '썸즈'님이 팀에 합류하셨다. 오픈 12일 만에 59명이 모집되는 쾌거를 이뤘다. 해당 시점이 호스트로 활동한 지 4개월 정도 지난 무렵이었다.

소형 모임을 위주로 하던 내가 어떻게 60명이 모이는 대형 모임을 이끌게 되었을까. 기존 모임의 특징과 준비 과정을 살펴보자.

2. 동네언니 모임 특징

인문 도서로 모임을 하기 때문에 실용적이기보단 내면 성장에 힘을 싣는다. 동네언니만의 색이 강해서 모방하기 쉽지 않다. 유인물을 만들 때도 동네언니가 다루기 쉽게 만들기 때문에 호스트가 필요하다. 호스트가 케어할 수 있는 인원수가 한정적이어서 대중화가 어렵다.

여기서 늘 아쉬웠던 건 대중화다. 혼자서는 최대 12명까지 맡아 봤는데, 인원이 많아서 게스트를 온전히 챙기지 못하는 문제가 생겼다. 그때 대형 모임을 진행하는 호스트가 '독서 모임 구성 대비 호스트 중요도'를 알려줬다.

3. 독서 모임 구성 대비 호스트 중요도

소형 (6-10) : 호스트의 진행이 중요, 사람들과 유대감을 쌓을 수 있는 모임

중형 (11-20) : 호스트의 매력과 체계적 시스템이 섞인 모임

대형 (21-) : 시스템과 콘텐츠가 중요함, 호스트는 후순위

내 모임은 소형이다. 동네언니의 '색'이 강하다는 것은 호스트가 직접 들어가서 운영해야 한다는 뜻이다. 그런 이유로 호스트의 스타일대로 분위기가 형성된다. 반대로 시스템화를 해서 대형 모임으로 진행할 때는 호스트가 없어도 된다. 이때는 당연히 참여한 게스트와 짜인 조에 따라 분위기가 다르다. 나의 장단점을 알아서인지 해보지 않았던 걸 해보고 싶었다. 그 시기에 대중화하는 모임에 능한 호스트와 친해져 이런저런 이야기를 하다가 문득 든 생각이 있다.

"다양한 책을 한 자리에서 읽을 수 있는 방법은 없을까? 파인 다이닝처럼 코스로 여러 책을 접하는 거지."

이 전화 한 통으로 독서 파인 다이닝의 역사가 시작되었다. 파트너인 온이 호스트는 마케터이다 보니 제안서를 쓰는데 능숙했다. 바로 도서 협찬을 요청하는 제안서를 작성하고 생각했다. 몇 명이 모일까? 모일 수 있을까? 무모한가?

밑져야 본전이다. 당시 나는 셀렉티드 호스트이긴 했지만 네임드가 아니었고, 온이 호스트는 문토를 시작한 지 얼마 안 된 신생 호스트였다. 불쑥 올라온 용기, 우리는 그 용기를 잡아채서 결과물로 만들어냈다.

4. 호스트 선정 방법

문토 플랫폼에서 대형 독서 모임을 만든 유례가 없다 보니 무에서 유를 창조해야 했다. 독서 파인 다이닝이라는 이름에 맞게 다양한 독서 모임을 경험하게 하고 싶었는데 그중에서도 중요하게 생각했던 부분은 '대중화 속 개별화'였다. 다양한 셀렉티드 호스트(문토에서 인정한 호스트, 문토 전체 비율 중 0.03%)를 한자리에서 만날 수 있다는 것만으로도 타 모임과 차별성이 있다고 생각했다. 또한 그들이 각자 책을 선정해서 독서 모임을 하면 많은 사람들이 오지만 부스로 나누기 때문에 그 안에서 개별화할 수 있었다.

그래서 인연이 닿았던 호스트를 찾기 시작했다. 호스트 모임에서 만난 김주부님과 '빠르게 실패하는 모임'에서 도전 중인 막내삼촌님까지 총 네 명이 모임을 진행하기로 했다. 정원 20명 이상 모임을 진행할 거라는 선전포고를 하기 위해 스태프를 구하는 자리도 마련했다. 모임을 오픈하자마자 2명의 셀렉티드 호스트가 추가로 신청해 주셨다.

5. 날짜 선정

최종 7명의 스태프가 움직이게 되었고, 모임 최대 인원은 42명으로 정해졌다. 1회는 모르는 게 많아서 들어가는 품이 상당했다. 함께 일할 스태프를 선정한 후에는 날짜를 고르느라 진땀을 뺐던 기억이 난다. 한참 고민하며 달력을 보던 온이 호스트가 우리에겐 '한글날'이 있다고 했다. 한글날은 빨간날, 월요일이었다. 비슷한 시기에 쉬는 날이 특히나 많았는데 게스트들이 홍대까지 나와줄지 걱정이었다. 그러나 한글날은 독서 모임과 관련된 특수성이 있었다. 두말할 것 없이 모임은 한글날로 정했다.

날짜를 결정할 때 신경 써야 할 부분은 다음과 같다.

첫 번째, 진행하려는 독서 모임의 콘셉트와 맞는 날이 있는지 확인한다. 모임의 특수성을 부여해 줄 수 있고, 홍보하기도 편하다.

두 번째, 모임 준비 기간을 고려한다. 문토는 모임이 열리고 인원수가 결정된다. 모임 시작하기 한 시간 전까지 신청이 가능하다. 이런 특징으로 모임 한 달 전부터 인원을 모집했고, 기획과 뼈대를 다 잡았다. 기획은 설계도에 불과하니 먼저 큰 뼈대를 세워놓고 준비 과정에서 수정하기를 추천한다.

세 번째, 대형 모임이라면 플랫폼 특성상 얼마 만에 모객이 되는지 체크한다. 문토에서 파티 모임은 인원이 빠르게 차는 편이다. 그러나 자기 계발 카테고리인 독서는 비주류이기 때문에 한 달이라는 모집 기간을 정했다.

규모가 커질수록
디테일이 필요합니다

1. 카페 선정

일반 독서 모임이라면 스터디룸을 빌리거나, 조용한 카페를 찾아볼 수 있지만 대규모로 모이는 만큼 장소를 신중하게 찾아보려고 노력했다. 어느 지역에서 모임을 할지 대략 생각해서 검색했다. 함께 일하는 스태프 중 문토 게스트에게 가장 많이 노출된 사람이 나였다. 그러다 보니 내 모임에 주로 오시는 분들이 어느 지역에 사시는지를 생각했다. 보통 송파에서 모임을 했기 때문에 최대한 2호선 주변에서 모이기로 계획을 잡았다. 강북구, 강서구 등 강남이나 홍대 일대에 대형 카페, 북 카페부터 검색을 시작했다.

지역	
장소명	

전화번호	
금액 비교	
프레젠테이션 사용 가능 여부	
테이블 개수	
링크	
컨택 여부	
실 가능 여부	
확정 여부	

당시 사용했던 시트

독서 파인 다이닝은 스프레드시트를 따로 만들어서 세션
별로 움직였다. 장소 컨택에 있어서는 모임을 어디서 했으면
좋겠는지, 행사 시간, 행사를 운영할 때 어떤 게 더 필요한
지, 대관비 예상 금액, 모임 콘셉트에 맞는 분위기 등을 체크
했다.

폼이 만들어지고 난 후에는 지역 중심으로 검색했다. 카
페마다 대관이 가능한 시간대가 다르기 때문에 어떤 시간이
가능한지도 알아봐야 한다. 모임 금액을 2만 8천 원으로 잡
았기 때문에 대관비를 최대 30만 원으로 결정했다. 프레젠
테이션이 가능한지 확인한 이유는 OT를 하기 위해서였다.
이런 세세한 부분을 염두에 두고 카페 매니저와 소통하며

모임이 가능한지 체크해야 한다. 대규모 모임은 당일에 어떤 변수가 일어날지 모르기 때문에 예상 가능한 범위는 미리 컨트롤한다.

추가로 카페와 논의할 때 음료에 관해서도 이야기를 나눠봐야 한다. 카페에서 음료를 직접 판매하거나, 모임 스태프들이 음료를 만들어서 나눠주는 방법이 있다. 우리는 카페에 요청하기로 했다. 장단점이 있다. 카페 측에 요청한 이유는 최대한 고급스러운 분위기를 내고 싶기 때문이고, 스태프가 많지 않다 보니 운영할 때 정신적인 에너지 낭비를 최대한 줄이기 위함이었다. 그만큼 예산이 늘어났다. 만약 스태프가 음료를 만든다면 예산이 줄어드는 장점이 있지만 집중력이 분산되어 능률이 떨어진다는 단점이 있다.

2. 리플릿 제작

사용한 홈페이지는 비즈 하우스인데 보통 발송 후 2~3일 내 도착한다. 그래도 주의해야 한다. 우리는 10월 9일이 행사였는데 휴일로 인해 제작이 늦게 들어가서 하마터면 리플릿 없이 진행될 뻔했다. 만약 리플릿 제작 예정이라면 혹시 모를 휴일을 체크하자. 우리는 하늘이 도왔다. 다시는 이런 일이 없게 하기 위해 2회 때는 모임 3주 전에 리플릿 제작에 들어갔다. 가격대는 3만 원 안쪽으로 5~60장 제작했으니 고급스러운 모임을 만들고자 한다면 리플릿을 만드는 걸 추천한다.

구성은 1단에 호스트, 스태프, 도움의 손길로 인물을 담았다. 2단은 진행 순서, 3단은 저자에게서 온 선물을 실었다. 게스트들이 친필 사인 도서 리스트를 확인해야 했기 때문이다. 4단은 한글날 행사인 만큼 한글날에 대한 정의, 행사 일자, 세종 대왕의 말씀으로 마무리했다.

3. 1~2부 기획

문토의 특징은 사람들과 대화하고 싶어서 오는 사람이 많다는 것이다. 대규모 독서 모임의 목표도 다양한 사람들이 책을 나누는 것이었다. 그래서 독서 파인 다이닝 목표를 '대중화 속 개별화'로 잡았다.

1부는 게스트들이 서로 대화할 수 있는 모임으로 구성했다. 내부적으로는 스태프들이 분위기를 만들고, 2부 모임이 시작되기 전 입을 푸는 자리였다. 책이나 글을 사랑하는 사람들이 모인 만큼 그와 관련된 질문 3가지 정도를 뽑았다. 스태프별로 게스트를 6~7명씩 담당해 이야기를 나눴다. 이후에는 조금 더 깊은 대화를 위해 "자기 계발 / 시 / 에세이 / 글쓰기 / 아무것도 속하지 않는 팀"으로 장르를 나눠 진행했다. 모임 인원을 한 번 더 섞어 새로운 사람과 대화할 수 있도록 자리를 마련했다.

2부는 게스트가 입장할 때 "황금알 / 꽃 한 송이 / 세 잎

클로버 / 바다의 왕 / 바닐라 라테"라는 추상적인 단어를 고를 수 있게 했다. 5명의 호스트가 책을 지정해서 모임을 운영하는 방식으로 진행되었다. 책 제목이나 모임 키워드가 아닌 추상적인 단어를 사용한 이유는 호스트마다 인지도가 다르니 한쪽으로 몰리는 현상을 방지하기 위함이다. 아래 2가지 예시는 당시 호스트가 직접 다룬 내용이다.

황금알

책 | 돈 공부는 처음이라

소제목 | 당신은 정말로 경제적 자유를 원하고 있습니까?

목표 | 돈 공부에 대한 막막함과 선입견을 제거한다. 돈 공부, 투자하는 삶으로 안내한다.

꽃 한 송이

책 | 원씽

소제목 | 나의 뇌 구조로 들여다보는 자기 이해

목표 | 나의 원씽을 찾을 수 있도록 도와주는 역할을 한다.

협찬 도서 사후 관리도 중요하게 생각해서 모임 후기를 모았다. 포트폴리오로 정리할 뿐만 아니라 작가님들께 감사를 전하고 싶었기 때문이다. 모임이 끝나고 협찬 도서를 pdf 21장으로 정리해서 참여해 주신 작가님들께 감사 인사를 전했다.

행사를 위한
실제 도서 협찬 방법

당시 독서 모임 주제가 성장이라 자기 계발 파트 베스트 셀러 작가님들과 컨택중이었다. 작가님이 인스타그램 dm을 읽고 답장이 없으셨는데 호스트가 실수로 dm에 있는 통화 버튼을 눌렀다. 예상치 못하게 질척거리는 남친 컨셉으로 포지션이 잡혔지만 눈 딱 감고 다시 연락드렸다. 결국 예상치 못한 통화 연결이 협찬을 불러왔다.

당시 이메일과 작가 이름, 책 제목을 서칭할 때 동명이인을 누락시켜서 자주 혼났다. 2회 때는 직접 메일을 보내는 경우가 많았는데 전화가 미어터지게 와서 온이 호스트가 더 이상은 일하면서 전화할 수 없다고 선언한 기억이 난다. 도서 협찬과 관련된 에피소드는 기적과 같은 일들이 참 많았다. 끝없는 검색과 제안으로 유명한 인플루언서나 작가님들의 친필 사인 도서를 협찬받게 되었고, 거북목도 덩달아 얻게 되었다.

독서 파인 다이닝 1회를 마치고 2회는 2달 만에 바로 진행이 됐다. 독서 파인 다이닝 1회는 지인을 통해 협찬을 받았기 때문에 '초심자의 행운'이었다. 하지만 2회 차는 달랐다. 레퍼런스를 가지고 직접 발품을 팔아 성공했기 때문에 아래에서 메일 내용을 공유하려 한다.

1회는 아무리 제안서를 보내도 무응답이었다. 친필 사인에 대한 허들이 높기 때문이었다. 출판사와 계약을 맺고 있는 작가님들은 출판사의 동의가 있어야 움직일 수 있는 듯했다. 신뢰할 만한 레퍼런스도 없었다. 처음으로 하는 대규모 행사이다 보니 미흡한 부분이 많았다. 작가님들도 문토의 인지도를 확신할 수 없고, 진행된 적이 없다 보니 사람이 얼마나 모일지도 예상할 수 없었다. 운영진에게도 영향력이 없으니 메리트를 느끼지 못한 것 같다.

이 두 가지 문제를 보완해서 1기가 끝나고 바로 사후 관리 pdf를 만들었다. 구성은 후기, 모임 사진, 이달의 소셜링 캡처본, 추첨으로 책을 받으신 분들의 사진을 모아 구성했다. 작가님들께 협찬 요청을 위한 제안서를 보냈을 때, 독서 파인 다이닝 2회 제안서와 1회 리뷰 pdf를 함께 보냈다. 하루에 50통 정도 메일을 보냈는데 반나절 만에 연락이 쇄도했다. 1회는 지인의 도움을 받았다면 2회는 한 권을 제외하고 메일과 인스타그램을 통해 협찬을 받았다.

협찬 성공 과정은 다음과 같다.

1. 교보문고 국내 자기 계발 도서 TOP 100 엑셀 시트에 정리

2. 연락처/이메일 검색

이 부분은 강사를 초빙할 때 대부분 사용하는 방법이 아닐까 생각한다. 정말 밤낮을 헤매며 찾아다녔다. 인스타그램, 네이버 프로필, 교보문고 작가 소개란, 작가님 개인 홈페이지, 교수님일 경우 대학교 페이지를 활용했다.

추가로 동명이인을 조심해야 한다. 적어도 어떤 책을 집필하셨는지, 어떤 분야의 작가인지는 정확히 알아야 실례를 범하지 않을 수 있다. 나는 책을 직접 읽고 내용 중 한 구절을 가져와서 이 부분이 우리 행사에 도움이 될 거라고 얘기했다. 직접 읽고 드리는 연락과 아닌 연락은 그 온도 차가 크다.

3. 메일 준비

메일 보낼 때 폼을 미리 준비해 뒀다. 기본 폼이 있고, 만약 읽어 본 책이라면 생각을 덧붙이는 방향으로 정리했다. 작가님께 메일을 보낼 때는 일과 후에 확인할 수 있도록 저녁 시간대에, 출판사에는 근무 시간인 오후에 보냈다.

당시 독서 파인 다이닝 운영진은 총 4명이었다. 메일은 한 사람이 보내다 보니 답변이 와도 누락되는 경우가 있을 수 있다. 그래서 팀원들의 이메일 주소를 수집해 참조했다.

4. 메일에 포함된 내용
① 인사말
② 메일을 보내는 이유
③ 문토 플랫폼 설명
④ 호스트 간략 소개
⑤ 협찬 제안서
⑥ 독서 파인 다이닝 후기 공유 언급
⑦ 도서 제공 대상
⑧ 도서 홍보 방법
⑨ 연락처

5. 제안서에 포함된 내용
① 후킹 멘트, 모임 이름
② 독서 파인 다이닝 간단 소개
③ 타겟, 소구점, 기대 효과
④ 책 홍보를 중점적으로 문토 클럽 '평범한 사람들의 성
   장 이야기' 소개
(2024년 02월 05일 기준 450명 이상)

⑤ 준비 중인 행사 소개
⑥ 친필 사인 도서 예시, 협찬 요청 사항
⑦ 운영진 연락처

이런 노력을 통해 2회 때는 베스트셀러에 올라가 있는 작가님들과 접촉이 가능하게 되었다. 3회 때는 어떤 작가님들을 만나게 될까? 지금까지 쌓인 레퍼런스를 가지고 차분하게 준비해 볼 예정이다.

정성을 들인 모임은
특별해질 수밖에

평소에 친하게 지내던 호스트가 공동 저자로 출간했다는 소식을 들었다. 생일 선물로 어떤 걸 해 주면 좋을까 생각하다가 그의 책으로 독서 모임을 한다면 최고의 선물이 되겠다고 생각했다.

유인물을 만들며 색다른 무언가 없을지 고민했다. 저자의 이름은 너구리, 게스트에게 너구리 라면을 주면 어떨지 아이디어가 스쳤다. 그 생각이 미치자마자 바로 너구리 라면에 어릴 적 사진을 넣어서 콜라보라며 게스트에게 하나씩 돌렸다. 그날 후기는 집에서 라면을 끓여 먹으면서 행복해하는 게스트의 반응이 주를 이뤘다.

라면을 나눠주는 모임을 본 적이 있는가? 모든 모임에 힘을 싣는 편이지만 더 공들이는 모임들이 있다. 가장 많은 내용의 차별점을 넣었던 기획을 다뤄보려고 한다. '특별한'

독서 모임을 하고자 한다면 '차별점'을 빼놓고 갈 수는 없기 때문이다. 문토라는 플랫폼을 기반으로 생각했을 때 내가 생각하는 차별점은 두 가지 정도다.

첫 번째, 후기 사진에서 어떤 모임인지 티가 나야 한다. '독서 파인 다이닝'을 예시로 들었을 때는 리플릿이다. 지금까지 문토에서 리플릿을 만드는 독서 모임은 없었다. 두 번째는 호스트만이 낼 수 있는 분위기다. 연말을 회고하는 질문을 통해 자신을 돌아볼 수 있는 모임인 '나와의 소통 어워즈 앤 페스타'도 그렇다. 정원 만석에 7명 참여, 후기가 5개였다. 실질적으로 스태프 제외 모든 인원이 후기를 남겼다고 생각하면 된다. 계기는 간단하다. 밥을 먹고 설거지하는 중에 유튜브를 보는데 《질문 있는 사람》 저자 이승희 작가님이 출간한 책을 홍보하러 나온 것이다. '연말에 꼭 해볼 질문'이라는 문구에 눈이 반짝였다. 바로 콘텐츠를 만들었다. 책에 수록된 질문만 이용해서 모임을 하면 평범했겠지만 3가지 포인트를 넣었다. 상장, 자기 계발비, 2024년 사용할 수 있는 복권 제도.

1. 상장

연말 회고를 잘했다는 의미에서 준비했다. 양식은 인터넷에서 구할 수 있으니 어렵지 않다. 한 사람만 받으면 아쉬우니까 모든 인원이 받아 갈 수 있도록 모두의 네이밍을 넣어 만들었다. 상장을 주면서 물었다. '일 년을 책 한 권으로 쓸 때, 첫 문장은?' 수상 소감을 하듯 발표할 수 있게 했다. 다들 마음이 따뜻해져서 스스로를 돌아볼 수 있는 시간이었노라 회고했다.

2. 자기 계발비

신년도를 옹골차게 뛰어가길 바라는 마음에서 문화상품권 만 원으로 준비했다.

3. 복권

언젠가 꼭 활용해 보고 싶었지만 이제야 각 잡고 만들어 본 이벤트였다. 만약 당첨된다면 오프라인 소셜링 1회 무료로, 수수료 제외 전액 환불할 수 있는 제도이다. 현재 인스타그램 브랜딩 컬러를 연보라색으로, 프로필 사진도 어린 시절 얼굴을 사용하고 있기 때문에 복권도 비슷한 콘셉트로 만들었다. '나와의 소통 어워즈 앤 페스타'에서 처음 개봉했는데 반응이 아주 좋았다.

5개의 후기에 모두 상장 사진이 담겨 있었다. 회고를 잘해서 자기 계발비를 받았던 게스트의 피드에는 문화상품권이 추가로 올라갔고, 공들여 개시한 복권도 게스트의 인스타그램 스토리에 언급되었다. 원하는 목표를 모두 달성한 것이다. 독서 모임을 준비하는 데 이렇게까지 정성을 들여야 하냐고 묻는다면 이렇게 대답한다.

"제가 좋아서 하는 일인데요."

상품을 따로 만드는 게 번거롭다고 느낄 수 있다. 상장 용지도 사야 하고 컬러 프린터도 사용해야 하니까. 그러나 생각만큼 많은 품이 들지 않는다. 아마 앞으로도 나만의 차별점을 소셜링에 넣기 위해 고군분투할 것이다. 독서 모임을 진행하면서 이 일을 얼마나 사랑하는지 깨닫고 있다. 준비 과정마저 설레고 재밌다. 특별한 모임을 하고 싶다면 SNS에서 소스를 주워서 활용하고, 주변에서 벌어지는 일상을 기억하는 게 도움이 된다. 무엇보다 영감을 수집해 접목하는 성실함과 추진력이 필요하다.

4장

독서 모임 호스트도 읽습이 필요하다

우리는 틀린 게 아니라
다른 거예요

한번은 '살아있는 장례식'이라는 콘텐츠로 삶을 돌아볼 수 있는 모임을 진행했다. 묘비명도 써 보고 마지막 날에 무엇을 하고 싶은지 나누는 내용이었다. 한 커플과 함께 총 3명이서 모임을 했는데, 커플 중 한 분이 죽음에 대한 두려움과 슬픔으로 모임 내내 울었던 기억이 난다. 그분은 F였고, 남자분과 나는 T여서 당혹스러운 표정으로 그녀를 봤다. 결국 둘이서 그분의 감정을 다독이는 상황이 됐다. 나 역시 처음에는 공감 능력이 부족했다. 진행이 어려울 정도로 눈물을 한 바가지 흘린 게스트는 퉁퉁 부은 눈으로 집에 돌아갔다. 모임에 잘 참여했다고 따로 연락이 와서 안도했던 모임이다.

'초보자들도 읽고 싶은 독서 모임'을 운영할 때 안내 사항으로 전하는 말이 있다. 들으면서 궁금한 부분이 있다면 물어보되, 틀린 게 아니라 다르다는 것을 유연하게 받아들이

자는 말이다. 독서 모임을 하다가 의견이 맞지 않아 마음이 상해서 집에 오는 경우가 있다. 나조차도 내 마음을 모르는데 타인이라고 알 방법이 있을까?

A에 대해 생각하는 사람이라면 A에 관해서 얘기하는 게 당연하다. B를 생각하는 사람이 A라는 의견을 들으면 생소할 수밖에 없다. 이런 상황이 양날의 검이 될 때가 있는데 여기서 호스트의 역할이 중요하다. 한 발제문으로 여러 가지 의견을 나눌 때를 생각해 보자. 서로의 의견을 존중하는 사람이라면 상대방과 생각이 달라도 반박하지 않는다. 그러나 성향에 따라 타인의 의견을 그대로 수용하지 않고 설득하려하거나, 서로를 깎아내리기 바쁠 때도 있다. 독서 모임이 아니라 논쟁의 장이 되는 경우가 다반사다.

게다가 호스트가 유연하지 못하면 게스트는 자기 생각을 존중받지 못하고 불편함을 느낀다. 각자의 의견은 자신이 바라보는 시각에서 나오는 경우가 많기 때문에 서로 다른 관점을 배워갈 수 있다. 도가 지나치다고 느낄 때는 중재자가 되어야 하는 게 '호스트'다. 호스트가 유연하지 않고 한쪽 의견에 치우쳐 있다면 중재자가 없어 모임이 산으로 간다. 게스트가 모임에 나오는 이유는 저마다 다르지만 호스트가 생각의 틀에 갇혀 있다면 그 모임은 딱 그 정도까지다. 그리고 더 이상 그 모임을 찾지 않을 것이다.

나는 책을 굉장히 좋아하는 편이다. 때로는 1일 2독을 할 정도로 활자에 중독되어 있다. 그래서 경계하는 부분이 있다. 책을 많이 읽기 때문에 지혜로울 거라는 생각과 독서 모임을 잘 운영할 거라는 생각이다. 아직도 배워야 할 게 많다. 모르는 분야가 계속 생겨나는데 내 생각만 옳다고 할 수 있을까? 이런 이유로 독서 모임을 할 때 상대방의 생각을 '정리'하지, '정답'이라고 생각하는 바를 제시하지 않는다. 호스트도 모임을 하며 삶의 방향을 재정립하고 조언을 얻어가는데, 게스트도 그럴 수 있어야 한다. 유연하게 생각하는 사람은 이런 반응을 한다.

"신기하다!"

초보자들도 읽고 싶은 모임은 짧은 글을 읽고, 발제를 통해 생각을 글로 담는다. 그때까지만 해도 내가 가진 생각 정도만 정리할 수 있다. 대화를 통해 타인이라는 책을 읽고, 내 생각과 타인의 의견을 더해 확장된 세계를 담는다. 독서 모임을 진행하다 보면 같은 질문인데도 상상 이상의 이야기를 들을 때가 많다. 한참 듣다 보면 이런 기발한 생각은 어디서 왔는지 놀란다.

호스트는 자기 생각에 갇혀있지 않도록 노력해야 한다. 앞으로도 독서 모임을 운영할 스스로에게 하는 말이기도 하다. 가능한 한 말을 줄이고, 게스트의 이야기를 들으며 새로운 생각을 얻어 가도록 돕는 역할에 집중해야 한다.

어서 오세요,
기다렸습니다

송파에서 모임을 하던 중 장소를 옮겨 볼 목적으로 건대 독서 모임을 잡았다. 스태프와 차 시간을 공유해서 그에 맞춰 준비하고 있는데 전화가 왔다. 알고 보니 직전 차를 타야 했던 것이다. 차 시간은 10분밖에 남지 않았고, 역까지는 30분이 걸렸다. 택시도 잡히지 않는 상황이었다. 늦을 것을 감안하고 가는 길에서 입이 말랐다. 역에 도착해서 장소로 가려고 하는데 초행길이라 길을 잃었다. 안 그래도 늦었는데 여기서 길을 잃다니. 다들 내가 오지 않으니 당황한 눈치였다. 부랴부랴 모임 장소로 향했다. 장소는 지하에 있는 스터디룸이었다. 시간을 잘못 알고 온 다음 모임 게스트가 지금 모임에 참여할 수 있는지 물었다. 지하로 내려오자마자 신호가 끊겨 안내조차 할 수 없었다. 여러모로 정말 아찔했다.

그 모임에는 내 모임이 처음인 사람들도 있었다. 처음 오시는 분들은 진행할 때 분위기를 잘 풀어줘야 하는데, 나조차도 모임에 늦었다 보니 격양된 감정으로 분위기를 차분하게 만드는 데까지 시간이 걸렸다. 다들 일찍 오셔서 이미 안정을 취하고 계셨다. 그 일이 있고 나서는 모임 30분 전에 도착하는 습관을 길렀다. 길을 잘 잃어버려서 그 변수까지 고려한다.

비단 호스트에게만 해당하는 이야기는 아니다. 콘텐츠를 만드는 생산자라면 기본적으로 갖추어야 할 부분이다. 나는 호스트이기도 하지만 게스트로서 모임에 참여하기도 한다. 그럴 때 호스트의 여러 모습을 보는 편이다. 게스트와 동일한 시간에 오거나, 늦는 건 예의가 아니다. 물론 모든 변수를 통제할 수는 없으니, 피치 못하게 늦을 수는 있지만 죄송해야 한다. 말만 아니라 마음으로도 죄송해야 한다. 게스트의 시간은 소중하기 때문이다. 만약 지각하는 횟수가 많거나, 게스트와 동일한 입장이라고 생각한다면 문제가 있다.

이제는 미리 모임 장소에 도착해서 준비해 온 유인물과 볼펜, 명찰을 미리 테이블에 놓는다. 그리고 문 앞에 서서 오는 사람들을 마중한다. 호스트가 모임에 진심을 다하고 있다는 표시다. 특히 문토는 '문토 온도'라는 게 있어서 점수를 매긴다. 게스트가 체크하는 항목 중 '모임 장소에 먼저 나와 기다리고 있어서 좋았어요'가 있는데, 141명 중 125명이 체크한 걸 보면 그만큼 중요하다는 사실을 알 수 있다. 게스트는 호스트를 믿고 약속을 지키러 나오는 사람들이다. 그러니 서로의 소중한 시간을 허비해서는 안 된다. 첫 단추를 잘 꿰매야 마지막까지 순조로운 모임이 된다.

저마다 결이 맞는 독서 모임장을
만날 수 있도록

한때는 모든 사람이 내 독서 모임을 사랑해 주길 바랐다. 모든 사람에게 사랑 받고 싶다는 말과 같다. 결론은 불가능하다. 그래서 고민해 봤다. '초보자들을 위한 독서 모임'은 책을 곁에 두지 않는 사람들이 모인다. 그와 다르게 문토에 있는 타 독서 모임은 책을 자주 읽는 사람들이 온다. 결국 초보자 독서 모임에서 책 읽는 실력을 키워, 그들의 독서 모임으로 보내는 게 진정한 성장이자 우리 모임의 목적이었다.

언제부턴가 독서를 사랑하는 사람들이 각자 결이 맞는 독서 모임장을 만나면 그걸로 좋다는 마인드가 생겼다. 일례로 한 게스트는 독서 모임을 시작하고 싶어서 우리 모임이 어떻게 운영되는지 물어온 적이 있었다. 다른 참여자들과 다르게 하나하나 섬세하게 확인하며 물어보는 모습이 '내가 원하는 독서 모임을 찾고자 하는 노력'이라는 생각이 들었다. 그의 바람과 내 모임이 맞았으면 좋았겠지만 이야기를 나눌수록 그와 나의 방향성이 다르다고 느꼈다. 게스트가 내 모임을 원하지 않는다면 그에 맞는 호스트를 소개해 주는 게 어떨까. 그때부터 아는 호스트들을 찾기 시작했다. 상생하고자 하는 마음이었다.

현재 독서 모임을 운영하는 사람이거나, 운영을 하고 싶은 사람이라면 어떤 마인드로 모임을 하는지 점검해 볼 필요가 있다. 모든 사람이 내 독서 모임에만 오길 원하는가, 아니면 다양한 독서 모임에 참여해 보고 결이 맞는 호스트를 찾길 바라는가? 어쩌면 사랑받고 싶은 욕심을 내려놓는 훈련일지도 모르겠다.

동료 호스트는 보증이 되어있는 호스트 리스트를 뽑아 추천해 준다. 이 호스트는 자신이 보증을 설 수 있을 만큼 좋은 모임이라고 생각하니 가보시라고 말이다. 그런 건강한 마인드가 있어야 더 좋은 콘텐츠가 나올 수 있다고 믿는다. 독서 호스트도 상생의 마음을 가져야 서로 힘이 되어 더 멀리, 더 오래 걸어갈 수 있다.

배우기 위해 떠나는 탐방

어떤 모임에서 '말 걸어도 상관없는 사람'과 '말 걸면 부끄러운 사람'을 나눠서 스티커로 붙이는 걸 봤다. 스티커에 따라 질문의 강도를 조절할 수 있는 게 좋다고 느꼈다. 그 후 클럽 소셜링에서도 스티커를 활용하기로 했다. '독서 파인 다이닝' 명찰에 스티커를 붙였다. 사진 촬영 가능 여부를 표시하는 용도로 썼다.

여담이지만 한번 초상권 문제를 겪어서 더 신경이 쓰였다. 현장에서 게스트에게 촬영을 해도 될지 양해를 구했지만 생각보다 사진을 많이 찍는다고 생각했는지, 컴플레인을 걸고 모임 중간에 나갔다. 이 경험을 통해 초상권 안내를 명확하게 하기로 했고, 지금까지도 촬영 가능 스티커를 사용하고 있다.

실은 호스트가 되기 전까지 독서 모임은 재미 없다는 편견이 있었다. 끝까지 게스트로 남았다면 오해를 풀 기회도 없었을 것이다. '초보자들도 읽고 싶은 모임'도 내가 재밌게 만들면 된다는 생각으로 시작했다. 그런데 다른 호스트의 독서 모임을 경험하면서 세상에는 무척 다양한 모임이 존재한다는 것과 모임마다 고유한 즐거움이 있다는 걸 알게 되었다.

독서 모임을 하려고 마음을 먹은 사람이라면 다른 모임에도 직접 다녀보기를 추천한다. 문토부터 시작해서 인스타그램, 블로그 등 모임을 운영하는 곳이 매우 많으니 집 근처나 직장 근처로 가고 싶은 모임을 골라서 가면 된다. 다른 모임에서 분위기를 파악할 수 있고, 리드하는 방법을 배울 수도 있다. 모임 전후로 간단하게 모임 진행에 대해 궁금했던 부분을 질문하거나, 모임을 운영하면서 어려웠던 점을 나눠도 좋다. 특히 자신이 속한 그라운드에서 활동하는 사람들의 모임을 가 보기를 추천한다.

문토에서 독서 모임을 운영하고자 한다면 실제 활동하는 호스트가 어떻게 움직이고 있는지 확인할 필요가 있다. 플랫폼마다 모임 형태가 다르기 때문이다. 그 후에 다른 플랫폼에서 활동하고 있는 호스트를 찾아가 보는 것도 좋지 않을까?

그렇다고 다른 호스트의 모임 중에 마음에 드는 콘텐츠를 그대로 가져오는 건 옳지 않다. 실제로 어떤 호스트가 익숙한 멘트를 쓴다고 생각했는데, 모임 제목부터 클럽 이름, 단어만 조금씩 수정해서 운영하고 있었다. 그 후로는 콘텐츠가 전혀 다르더라도 조금이라도 겹치면 연락해서 양해를 구하는 편이다. 어떤 생각으로 모임을 기획했으며 현재 진행하는 모임과 주제가 겹치게 돼서 불가피하게 연락을 드렸다는 내용이다. 대부분 연락을 받는다고 나쁜 반응을 하시지 않는다. 오히려 감사하다며 사이가 돈독해지기도 했다.

콘텐츠 제작자의 입장에서 서로 지켜야 할 부분이 있다. 커뮤니티가 좁은 플랫폼은 비슷하게 꾀를 써도 어차피 걸린다. 만약 누군가 자신의 콘텐츠를 카피했다면 그만큼 모임이 좋다는 뜻이기도 하니 휘둘리지 말고 나의 길을 묵묵히 걸어가면 된다. 모임의 특성상 완전히 독창적인 모임을 운영하는 게 어려울 수 있다. 그러나 나의 모임은 호스트인 내가 있어야 완성된다는 자신감을 가지고 연구해 보자. 나의 색을 찾아가는 시간, 호스트로서 당연히 필요한 과정이다.

콘텐츠를 만드는 사람이라면 A부터 Z까지 직접 구성할 수 있어야 한다. 치열하게 고민해서 만든 콘텐츠는 지속력이 다르다. 유행보다는 자기 능력을 믿고 '건강한' 콘텐츠 크리에이터가 되기를 마음 다해 응원한다.

홍보는 게스트를
끌어당겨야 한다

처음 독서 모임을 시작할 때 홍보로 어려움을 겪는다. 나역시 그랬다. 문토 모임은 호스트 제외 2명 이상은 모여야 모임이 진행됐다. 1:1 모임은 성사되지 않는다는 뜻이다. 모객에 자신이 없다면 지인 한두 명과 먼저 시작해도 좋다. 언젠가 지인 없이 모르는 사람들과 모였을 때가 진짜 성장하는 기회라는 것만 알아두면 좋겠다. 상대방이 어떤 반응을 보일지 모르기 때문에 임기응변이 절로 는다. 긴장도 되고 그만큼 준비도 철저히 하게 된다.

모객에는 다양한 방법이 있다. 본인이 활동하는 플랫폼과 SNS 홍보로 나눌 수 있다. 나는 외부 고객 유입을 위해 인스타그램과 블로그를 이용한다. 문토는 '가입'을 해야 하는 허들이 있다 보니 내부 사용자 위주로 홍보하는 것이 가장 효과적이라고 판단했다. SNS는 독서 모임 후기, 모임 콘텐츠 제작 방법, 서평 등을 업로드하는 편이다.

요즘 유입 경로를 보면 '문토 후기', '문토 독서 모임', '문토 이용' 등이 많다. 포스팅이 쌓일수록 모객에도 도움이 된다. 인스타로는 4명 정도 문토로 넘어와서 게스트로 인연을 이어가고 있다. SNS에서 홍보 글을 보고 문토로 유입된 분들은 '가입'이라는 허들을 깨고 넘어 오는 것이기 때문에 호스트를 믿고 온다고 생각해서 조금 더 챙겨드렸다.

플랫폼 내부 사용자를 대상으로 홍보할 수 있어야 한다. 직접 시도한 방법과 함께 참고할 만한 방법 6가지를 소개한다. 한 가지 강조하고 싶은 부분은 아무리 좋은 방법이 있다고 한들 콘텐츠가 좋아야 살아남는다는 것이다. 세일즈로도 넘어설 수 없는 콘텐츠의 영역이 있다.

1. 문토 라운지 피드 좋아요 누르거나 댓글 달기

문토는 인스타그램과 비슷한 형태이다. 인스타의 '피드' 개념이 문토에서는 '라운지'다. 게스트가 소셜링에 참여하고 남긴 후기, 홍보, 일상 콘텐츠가 올라오는데 '좋아요'를 열심히 누르고 다녔다. 이를 통해 '라운지 요정'이라는 타이틀을 얻었다. 실제로 팔로우도 많이 늘었고, '좋아요'를 눌렀다고 기억해 두었다가 모임에 오시는 분들도 있었으니 홍보가 됐다. 인스타보다 사용자가 훨씬 적기 때문에 신생 호스트에게는 좋아요 하나가 큰 힘이 돼서 프로필을 알린다는 장점이 있다. 어떤 호스트는 문토에 처음 들어오자마자 피드에 댓글을 달고 다녔다. 콘텐츠가 좋은 것도 있지만 모객으로 금방 자리를 잡아 고객층을 탄탄하게 확보했다.

물론 단점도 있다. 게스트로 모임에 놀러 갔는데 대부분이 나를 알아보셨다. 문제는 '나한테만 좋아요 눌러준 거 아니었어?'라는 반응이다. 본인은 내적 친밀감이 있다고 생각했는데 아니라는 사실을 알게 되어 실망하시는 분들도 있었다. 나중에 이 책이 출간되면 '맞아, 동네언니 실망이야!' 하시는 분들이 있을까 봐 미리 이야기한다. 그래도 '꼼꼼하게 피드를 봤다'는 것.

2. 좋아요 눌러준 분에게 연락 드리기

내 소셜링에 좋아요를 눌러준 분들에게 모임을 시작하기 2일 전쯤 연락을 돌린다. 이게 모객 행위가 되느냐고? 정확하게 말하자면 된다. 다만 호불호가 갈린다. 호스트들 사이에서도 의견이 분분하다. 파티나 소개팅 호스트의 무분별한 모객 행위로 사용자들이 피로감을 느끼기 때문에 자연스럽게 부정적인 인식이 생겼다. 한 50대 사용자분은 본인 사진을 프로필로 해 두었는데 소개팅에 참석하라는 연락이 왔다고 한다. 가정과 아이가 있는 분인데도 그랬다.

처음에는 직접 연락을 드리지 않았다. 거절에 대한 두려움 때문이었다. 빠르게 실패하는 모임 때 이 두려움을 극복하고자 모객 행위를 시작했다. 그리고 해결됐다. 당시 모객으로 소셜링이 성공하면서 승전고를 울렸다. 그러다 게스트가 느낄 피로감이 걱정되어 잠시 모객을 멈췄다.

그때 한 게스트에게서 올해 가장 잘한 일이 용기 내어 빠실모에 들어온 것이라는 장문의 연락을 받았다. 모객을 중단하기 한참 전에 연락을 드린 분이었는데 감사한 마음이 컸다. 또 다른 분은 문토에 가입하고 나서 홍보 연락을 받은 적이 없는데 내게서 처음 연락을 받아 기억해 두고 있었다고 한다. 서울에 사시는 분인데도 남양주까지 찾아와 주셨다. 그 후로 다시 모객 활동을 시작했다. 인사말, 간단 소개, 링크, 글을 읽어주셔서 감사하다는 멘트로 가볍게 연락을 드린다.

3. 타 모임 호스트와 콜라보

처음엔 다른 모임에 가지 않고 고립된 채로 내 모임만 열었다. 그러나 여러 호스트와 교류하면 좋은 점이 많다. 정보도 주고 받고, 게스트에게 서로의 모임을 추천해 줄 수도 있다. 현재 썸즈 X 온이 X 동네언니가 '평범한 사람들의 성장 이야기'라는 자기 계발 클럽으로 함께 활동한다. 그러다 보니 게스트들이 세 명의 모임을 돌아가면서 오는 경우가 많다.

힘을 모을수록 모객 효과도 좋다. 예를 들어 온이 호스트는 신생 호스트였고, 나는 셀렉티드 호스트였지만 영향력이 크지 않았는데 콜라보로 42명을 모았다. 다만 다른 호스트에게 협업을 제안할 때는 꼭 '어떤 콘텐츠를 어떻게 하고 싶은지, 타 호스트는 어떤 게 필요한지'부터 분석하고 제안해야 한다. 아무런 준비 없이 같이 일하고 싶다고만 하면 콜라보는 성사될 수 없다.

4. 서로의 모임에 품앗이하기

이 부분은 영업 측면이 더 강하다. 정말 중요한 것은 앞서 얘기했듯이 '콘텐츠가 좋아야 살아남을 수 있다'는 점이다. 실제로 해 본 적은 없지만 괜찮은 방법이 될 수 있겠다고 생각했다. 폐강 위기에 있는 모임에 참여해 주고 자신의 모임에도 놀러 올 수 있게 하는 방법이다. 게스트에게는 호스트가 활동을 하고 있다는 게 노출되어야 하기 때문이다.

다른 모임에 직접 가서 자신을 홍보하는 방법도 있다. 당연히 모임을 진행하는 호스트의 허락이 있어야 한다. 내 모임에 호스트가 놀러 오면 일부러 어떤 모임을 진행하는지 설명할 시간을 준다. '상생'하는 길이기 때문이다. 어떤 경로든 게스트가 좋은 모임을 만나 유익한 시간을 보냈으면 한다.

이것 말고도 홍보 방법은 다양하다. 자신의 모임에 어떻게 접목해야 효과적일지 분석해서 활용해 보고 가장 효과가 좋은 방법을 선택하면 된다. 내가 속한 플랫폼은 가입이 필요한지, 규정은 어떻게 되는지, 무료인지 유료인지, 연령층은 어떻게 되는지. 모임에 참석하는 분들이 소셜링을 선택할 때 어떤 단어에 더 흥미를 느끼는지 신경 써서 둘러봐야 한다. 나는 직접 경험해야 직성이 풀리는 사람이라서 일일이 시도하고 체득했다. 새로운 시장에 진입한다면 앞서 경험한 사람들의 조언을 흡수해 시간을 아끼기를 바란다.

부드럽고 섬세한
물음표 살인마

　　독서 모임 호스트는 질문하는 사람이다. 질문에도 고도의 집중력이 필요하다. 게스트나 호스트, 두 쪽 모두 이야기가 길어지면 집중력이 흩어진다. 한번은 게스트가 진지하게 자신의 고민을 나눴다. 게스트들은 모두 감동해서 고개를 끄덕였는데 안타깝게도 내가 그 순간 멍을 때렸다. 게스트의 말이 끝나고 질문을 던졌지만 분위기가 순식간에 차가워졌다. 알고 보니 질문에 대한 답을 이미 언급한 것이었다. 모두에게 사과해야 했다. 질문을 '잘' 하기 위해서는 '잘' 들어야 한다.

　　"어떤 질문을 해야 할지 모르면요?"

　　독서 모임을 운영하는 호스트도 스타일이 다양하다. 책을 읽는 건 좋아하지만 운영을 해 보지 않아서 리드하는 게 어려울 수도 있다. 또는 상대방이 한 이야기가 궁금하지 않아서 의문 없이 넘어가는 경우도 있을 테다. 그래도 질문하는 연습을 해야 한다. 질문에는 2가지 장점이 있다. 표면적으로는 상대의 말에 관심이 있다는 걸 보여줄 수 있다. 질문을 한다는 건 궁금한 점이 있다는 뜻이고, 동시에 집중하고 있다는 표현이기 때문이다. 내면적으로는 게스트가 더 깊이 생각하는 기회이다. 질문을 만들기 어려울 때 활용하기 좋은 방법을 소개한다.

예시) 행복이 뭔지 모르겠다고 하셨는데, 자신이 생각하는 행복의 반대말은 무엇인가요?

최인아 작가님의 《내가 가진 것을 세상이 원하게 하라》에서 특정 단어에 대한 정의를 내리기는 어려우니, 반대말을 생각하면 의미가 명확해진다고 했다. 그래서 행복의 반대말이 뭐라고 생각하는지 물었다. 독서 모임이란 생각의 잔가지들을 차곡차곡 꺼내며 공유하는 시간이다. 그러니 깊은 사유를 끌어내는 질문을 해야 한다. 우리는 게스트가 생각을 정돈할 수 있도록 돕는 자다.

만약 질문 없이 삭막하게 모임을 끝낸다면 예정 시간은 2시간인데 30분 만에도 모임이 끝날 수 있다. 호스트라면 자기만의 질문이 필요하다. 그래서 모임 유인물을 먼저 작성해 보고, 시간이 남으면 물어볼 만한 질문을 더 준비하는 편이다.

만약 질문을 하는 게 두렵다면 이런 방법도 있다. 상대방이 하는 이야기를 키워드만 정리해서 꼬리를 무는 생각을 적는다. 발표가 끝나면 정리한 부분을 가지고 질문한다. 백지 상태에서는 질문을 할 수 없다. 상대의 말을 경청하고, 그 대화 안에서 물음표를 던지는 연습을 해야 한다.

때로는 자신의 의견과 상황, 감정을 육하원칙에 맞게 말하는 분들도 있다. 상대방이 모든 답을 해버렸기 때문에 질문을 할 수 없다. 그럴 때면 화제를 넘겨 다른 사람이 질문하게 하거나, 이견이 없는지 묻는 편이다. 만약 주변에서 대신 궁금한 걸 물어봐 준다면 다행이다.

말에는 온도가 있기 때문에 질문이 상대의 마음을 찌르지 않도록 잘 다듬어야 한다. 마음에 머무는 단어가 말로 나오기 때문에 평소에도 날이 선 단어를 사용하지 않으려 노력한다. 날카로운 질문이 아닌 시야를 틔우는 섬세한 질문을 하도록 연습하길 바란다.

성공하기 위해
무뎌질 때까지 실패하기

독서 파인 다이닝 2회를 진행할 때 처음에는 사람이 잘 모이지 않았다. 호스트들과 기한을 정하고 안 되면 소규모로 가자고 결정했다. 모임을 준비하면서 호스트 세 명의 반응이 극명하게 나뉘곤 했다.

썸즈 호스트는 플랫폼 전반적으로 모객을 확인하며 테스트한다. 나는 '오고 싶으면 오겠지!'라며 편하게 생각하는 편이다. 온이 호스트는 극보수다. 늘 그랬지만 온이 호스트가 보수적일 때 막판 모객이 잘 됐다. 그가 이대로는 안 되겠다며 고민한 다음날 20명이 한 번에 들어왔다. 결국 60명과 함께하는 대규모 모임이 되었다. 최선을 다하되 원하는 성과가 나오지 않는다고 타협하기보다 그냥 밀고 나갔다.

2023년도 시상식에서 어떤 배우가 수상소감으로 했던 말이 떠오른다. '중요한 것은 꺾여도 그냥 하는 마음'이라는

'중꺾그마'다. 돌아보면 독서 모임을 시작하고 매번 이 마음을 먹었다. 처음 선보이는 콘텐츠가 통하는지 실험하면서는 단두대에 오른 것 같았다. 비성수기에는 모임 직전까지 모객이 되지 않을까 봐 조마조마했다. 아닌 척하지만 사람에 대해 고민하는 건 호스트에게 끝나지 않는 숙제가 아닐까?

초반에는 모객이 안 돼서 폐강하는 경우가 많았다. 가장 폐강률이 높았던 모임을 꼽자면 역시 온라인 독서 모임이겠다. 지금은 이 플랫폼에서 온라인으로 독서 모임을 하는 사람들이 많아졌지만, 예전만 해도 그렇지 않았다. 연이은 폐강으로 마음이 꺾일 때도 있었지만 묵묵히 정진했다. 숱한 폐강의 여파로 사람들에게 동네언니라는 이름이 많이 노출되었다. 결국 나에게 득이었던 셈이다.

게스트의 피드백을 적용해 성장하지 않고 왜 선택받지 못할까 절망만 하는 태도에는 문제가 있다. 내 모임에 주기적으로 오는 단골손님들은 나와 결이 비슷한 사람들이기 때문에 그들의 피드백을 통해 성장해야 한다. 나도 모객이 되지 않을 때 '저 호스트는 또 폐강했네.' 혹은 '열심히 하는데 모임이 잘 안 되네.' 같은 말을 들을 거로 생각했지만, 그런 말을 직접 하는 사람은 없었다. 타인의 시선을 의식하며 스스로를 의심할 뿐이었다. 남들은 그만한 관심이 없는데 나만 자존심을 부리고 있었다. 그 후로는 폐강이 되면 그런 대로 잠잠히 다음 모임을 준비한다.

처음 2달 정도를 제외한 후로는 지금까지 인원이 모이지 않아 폐강된 적은 없다. 그러나 지금도 '이번 주에 모임을 열면 사람이 안 올 수도 있다.'고 생각한다. 여전히 주눅 들지는 않는다. 모임 인원수가 없으면 없는 대로 좋고, 많으면 많은 대로 좋은 법이다. 오늘도 모임을 열었으니 나를 선택한 게스트에게 감사한 마음만 담기로 했다.

《나는 절대 포기하지 않는다》 저자 정동식 심판은 빠르게 도전하고 빠르게 실패하며 이를 발판 삼으라고 한다. 실패도 결국 시간을 버는 방법이며, 버려야 할 기억이 아닌 기억해야 할 교훈임을 알려주었다. 독서 모임을 기획했다면 모객이 되지 않는다고 상심하지 말자. 대신 나만의 콘텐츠를 좋아하는 사람들과 함께 호흡할 수 있도록 모임을 지속하면 된다. 준비된 호스트라면 언젠가는 독자의 선택을 받을 테니까.

에필로그

대규모 독서 모임 리더로 살아갈 나의 앞날, 그리고 시작점에 서 있는 여러분을 생각하며.

여전히 독서 모임을 처음 시작했을 때가 눈에 훤하다. 지금 생각하면 얼렁뚱땅인 모습이 한두 개가 아니다. 당시 모임을 진행하면서 단 한 명이 오더라도 즐겁게 임하겠다는 마음을 먹었다. 그 마음 하나로 나아가다 보니 책을 사랑하는 사람들 앞에서 모임을 진행하고 있다.

이제는 함께 일하는 사람들과 대형 모임을 기획하고 아이디어를 내며 분초를 다툰다. 느리더라도 걸음을 멈추지 않은 결과이다. 대형 모임만이 아니라 문토와 교보문고의 협업으로 진행한 송길영 작가님의 모임 기획에 뛰어들어 행사를 잘 마무리했다. 앞으로 운영할 성장 클럽에도 작가님들을 모시고 북토크를 진행할 예정이다.

이 책에는 직접 부딪혀가며 체득한 모임 운영 방법을 차곡차곡 담았다. '책으로 모이고 싶다'는 작은 용기가 오늘의 나로 구현된 것이다. 폐강을 두려워하지 않고 도전을 멈추지 않는 이유는, 실패해도 가고 싶은 길이기 때문이다. 빠르게 실패하는 모임을 하면서 나에게 성장은 성공보다 실패에 가

깝다는 말을 한 적이 있다. 성장이 모여 성공이 될 것이라는 사실을 믿어 의심치 않는다. 이 책을 읽는 여러분도 해낼 것을 믿는다. 우리는 아직 멈추지 않았기 때문이다.

오늘도 여전히 성장하는 독서 모임 리더 동네언니 드림.

평범한 사람들의 성장 이야기

'평범한 사람들의 성장 이야기' 로고

"평범한 사람들의 성장 이야기"는 평범한 사람들이 모여 특별함을 만들어내는 커뮤니티다. 하루하루 소박한 성장을 쌓아 나가는 사람들과 함께 습관 챌린지, 독서 모임, 글쓰기 모임 등으로 소통한다. 현재 동네언니의 독서 모임도 해당 커뮤니티 내에서 운영된다.

동네 언니 모임 선정 도서 35권

1. 『내 안의 어린아이에게』 김이나
2. 『모든 삶은 흐른다』 로랑스 드빌레르

3.『김미경의 마흔 수업』김미경

4.『오늘도 출근하는 김 순경에게』이재형

5.『나는 어떻게 행복할 수 있는가』장재형

6.『하루 한 편, 세상에서 가장 짧은 명작 읽기 1』송정림

7.『하루 한 편, 세상에서 가장 짧은 명작 읽기 2』송정림

8.『책은 도끼다』박웅현

9.『지구 안에서 사는 즐거움』송세아

10.『괜찮은 어른이 되고 싶어서』봉태규

11.『햇빛은 찬란하고 인생은 귀하니까요』장명숙

12.『참 괜찮은 태도』박지현

13.『이어령의 마지막 수업』김지수, 이어령

14.『스무스』태재

15.『마음의 지혜』김경일

16.『몇 겹의 마음』권덕행

17.『만일 내가 인생을 다시 산다면』김혜남

18.『열다섯, 그래도 자퇴하겠습니다』송혜교

19.『매일 읽겠습니다』황보름

20.『빠르게 실패하기』존 크럼볼츠, 라이언 바비노

21.『콜센터의 말』이예은

22.『준비물은 사랑하는 마음』심지연

23.『지쳤다는 건 노력했다는 증거』윤호현

24.『독서의 기록』안예진

25. 『칭찬은 고래도 춤추게 한다』 켄 블랜차드, 타드 라시나크 외 2명

26. 『슈퍼노멀』 주언규

27. 『당신의 마지막 이사를 도와드립니다』 김석중

28. 『모리와 함께한 화요일』 미치 앨봄

29. 『오은영의 화해』 오은영

30. 『시대예보: 핵개인의 시대』 송길영

31. 『사계절 취미 잡화점, 호비클럽으로 오세요』 황지혜

32. 『더 마인드하와이』 대저택

33. 『반드시 해낼 거라는 믿음』 전대진

34. 『초심력』 임형재

35. 『아무튼, 여행』 구현모, 너구리 외 7명

독서 파인 다이닝 협찬 도서 1차

『럭키 드로우』 드로우 앤드류

『헛소리의 품격』 이승용

『아무튼, 술집』 김혜경

『한눈파는 직업』 김혜경

『여전히 난, 행복하려고』 조유일

『준비물은 사랑하는 마음』 심지연

『오늘도 출근하는 김 순경에게』 이재형

『괜찮은 아빠이고 싶어서』 윤태곤

『국선변호인이 만난 사람들』 몬스테라

『지쳤다는 건 노력했다는 증거』 윤호현

『잘 살아라 그게 최고의 복수다』 권민창

『지금 당장 포르쉐를 타라』 김민성

『좋았다면 추억이고 나빴다면 경험이다』 김민성

『트렌드 코리아 2024』 김난도 외 10명

독서 파인 다이닝 협찬 도서 2차

『행복을 배달합니다, 복배달』 원율

『누구나 쉽게 작가가 될 수 있다』 신성권

『슈퍼모닝』 여주엽

『혼자 있는 새벽 4시의 힘』 김세희

『2분의 1』 유영만

『반드시 해낼 거라는 믿음』 전대진

『관점 하나 바꿨을 뿐인데』 이민규

『초심력』 임형재

『서른, 이젠 나답게 살아볼게요』 소보성

『수소 머니전략』 나승두

어쩌다 독서 모임 호스트

초판 2쇄 발행 2024년 9월 15일

지은이 동네언니
펴낸이 김영근
책임 편집 최승희
편집 최승희, 김영근
마케팅 김영근, 최승희
표지 디자인 흐름디자인연구소
내지 디자인 강초원
펴낸곳 마음 연결
주소 경기도 수원시 팔달구 인계로 120 스마트타워 1318
이메일 nousandmind@gmail.com
출판사 등록번호 251002021000003
ISBN 979-11-93471-07-4
값 14,000원